31 juillet 1978.
Dix-neuf heures trente.

Devant moi s'ouvre la grande porte de fer de l'hôpital qui s'inscrit dans une arche en béton. Dans quelques minutes, le soir va tomber et illuminer au néon toute la bâtisse de Saint-Louis. Je contemple un bref instant la façade de style vieillot qui rappelle que le bâtiment date de plus d'un demi-siècle.
Depuis, des travaux d'embellissement ont eu lieu. Mais ils n'ont jamais pu gommer le côté ancien et donc respectable de l'établissement. A l'intérieur le modernisme et le confort ont remplacé les antiques salles communes qui faisaient les délices des photographes mais aussi la résignation des malades. Tout a été refait mais il reste encore de quoi imaginer le temps jadis. Les grands couloirs, le petit jardin frais au centre, la longue galerie qui donne sur ce petit havre de paix et sur les ascenseurs.

Une nuit commence. C'est plutôt l'effervescence du côté de la pointeuse. Dans la toute petite pièce coincée sous les escaliers, accrochées aux murs, deux boites en fer disgracieuses délivrent un « Cling » impitoyable lorsqu'on y insère son carton numéroté. Sur cette fiche apparait alors notre heure d'arrivée ou de départ. A l'hôpital, si les malades sont des numéros, qu'ils se rassurent, le personnel aussi.

« Cling », » Cling » fait la pointeuse. Les gens se croisent en soupirant, autant les partants que les entrants. Parfois une plaisanterie fuse, des rires s'étouffent mais personne n'oublie qu'au-dessus, au premier étage, siège l'ennemie, celle qui paie, celle qui vire : LA DIRECTION. Organisme multiforme qui, même dans un petit établissement comme Saint Louis, renferme toute une floppée de Directeurs, Sous-Directeurs, Contrôleurs, Sous-Contrôleurs et j'en passe. Bref tous ceux qui pensent qu'ils sont indispensables, qu'ils font « tourner » la machine comme ils disent. Oubliant que sans nous, ils ne seraient rien puisque n'ayant rien à faire « tourner ».

Vous avez compris : On ne les aime pas. En plus, ils inspirent la crainte et en usent sans se gêner. Ils ont l'Instruction avec un grand I, les Diplômes avec un grand D, tout ce que n'ont pas les femmes de service, les brancardiers, les balayeurs et les veilleurs de nuit. Bien sûr, il y a aussi les Médecins, mais eux, ils sont à part. Intouchables et en même temps vulnérables, englués dans leurs histoires de grades, de postes, de hiérarchie, leurs luttes intestines. Là aussi la bagarre est farouche, sans pitié. Mais de tout cela, le brancardier s'en fout un peu, ce n'est pas son problème. Le pouvoir, il ne l'a pas sauf celui de pousser plus ou moins rapidement son chariot ou de gueuler contre l'ascenseur qui n'arrive pas. Son truc à lui, ce serait plutôt comment expliquer son absence d'hier, comment éviter de faire deux dimanches de suite, comment se faire payer ses heures supplémentaires… Et son seul interlocuteur se nomme l'enfilade de bureaux de la Direction.

Mais je n'en suis pas encore là. Je regarde encore un instant la rue, l'extérieur, le monde des bien-portants. J'écoute le bruit des voitures sur le Boulevard non loin de là. Enfin je me décide à passer sous le porche. Ça y est, je suis rentré. En escaladant la pente douce qu'utilisent les ambulances pour déposer leurs « clients », je rencontre Marceline, une infirmière que je connais depuis 4 ans. Nous avons travaillé ensemble lors de mes remplacements d'été. Elle est lasse.

- « Salut » Elle a fini sa journée. « Toujours là ? »
- « Eh oui » je lui tire une petite révérence. « Mais c'est ma dernière nuit... »
- « C'est bête. Tu reviens l'année prochaine ? »
- « Je ne sais pas. Non, je ne crois pas ... »

Elle m'encourage de la main et disparaît dans la rue. A ma droite, se trouve la loge du concierge qui fait aussi office de standard pendant la journée. Et parfois la nuit. Il habite dans l'hôpital avec sa femme, ce qui ne doit pas être sans inconvénient. Je parie qu'ils lui font payer un loyer. De corpulence impressionnante, il se trimballe un pif énorme et rouge, conséquence, sans doute, de ses excès libatoires. On l'appelle « Le Gros ». Oui, je sais, ce n'est pas très original. Mais ce soir, ce n'est pas lui qui officie dans la cage de verre. Je reconnais la bonne tête de Manu qui dépasse derrière le comptoir. Emmanuel, 22 ou 23 ans, étudie l'Histoire Antique à la Fac et non l'Antiquité, la nuance est importante, parait-il.En période de vacances, la nuit, il remplace « Le Gros ». Cette année il tourne avec moi. Nous faisons les mêmes horaires. Notre petite amitié est née au fil des gardes. On s'adresse un clin d'œil et je me dirige vers cette satanée pointeuse.

« Cling » le numéro 6350 a pointé ! 19 Heures 30. Je ne suis jamais en retard. Une habitude. Il n'y a pas de mérite. J'ai surtout le plaisir de voir le visage de celui que je relaie quand il s'aperçoit qu'il va pouvoir partir à l'heure. Combien de fois ai-je attendu, moi aussi, les années précédentes, cette « putain de relève » qui n'arrivait pas ? Cela laisse le temps de trainer un peu, de discutailler, de prendre le frais sans être bousculé. Une de ces petites joies qui font toute la qualité d'un début de veille.

A la porte de la petite salle se bousculent quatre guadeloupéennes rieuses qui ont fini aussi leur journée. On ne dira jamais assez ce que doivent les hôpitaux à ces femmes qui, sans qualification, ont accepté de faire le boulot le plus basique. Le tout mêlé de racisme plus ou moins exprimé. Déjà, ce n'est pas bien drôle d'être fille de salle mais si en plus vous êtes noire... J'ai toujours admiré ce courage quotidien.

J'ai connu deux types au bloc opératoire du Pavillon de Stomatologie à l'hôpital André Lacassagne, un réunionnais et un martiniquais, qui après leur travail partaient le soir faire le ménage dans des bureaux d'un grand magasin. Ils ne prenaient pas de vacances pendant 3 ans pour pouvoir bénéficier de 4 mois de congés pour rentrer au pays. Imaginez le prix du billet d'avion : La Réunion, 6000km,la Martinique 3000 km. Mais arrivés là, ils devaient oublier pendant quelque temps leur condition de vie difficile en France. Je les croise en leur adressant un petit bonjour et en fermant la porte, j'entends la clochette énervante de la machine. Encore une fois.

Je passe dans le hall, salue quelques personnes et marche, résolu, dans la galerie qui ouvre sur le jardin. Dans celui-ci se trouvent encore, malgré l'heure tardive, quelques chaises occupées par des malades et leur famille. Mais, bien vite, tout rentrera dans l'ordre. Il faut dire qu'en cette fin de mois de juillet, l'air est agréable, le soleil long à se coucher. A gauche, à côté de l'entrée de la chapelle, je ne peux m'empêcher de regarder la grande plaque de cuivre où sont gravés les noms des généreux donateurs qui ont permis la construction de l'hôpital après la première guerre mondiale. Une sorte de tic. Il y a toujours un patronyme qui m'attire, un baron de je ne sais quoi, une marquise de quelque chose. Et puis ce nom : « Raymond Jancul, 10 OOO Francs ». Faut le faire ! Ecrire ça sur 5 mètres carrés. La première fois que j'avais décrypté cela, j'en étais resté interdit, partagé entre le rire et la honte de me moquer de ce type qui, ma foi, n'était en rien responsable de son nom. Si vous passez à Saint Louis, vous verrez, c'est le sixième de la deuxième colonne. Enfin, le cuivre commence à jaunir un peu. Je pense au mec qui doit nettoyer cela tous les mois, il ne doit plus lire les noms. Au loin, j'aperçois mon service, au rez de chaussée : « Psychiatrie ». Oui, la psychiatrie : Les fous, quoi. Ce qui fait peur et fascine. Là, les portes et fenêtres donnent pour moitié sur le jardin. Pas de barreaux car il s'agit d'un service « ouvert ». « Un espace thérapeutique fondé sur la prise en charge mutuelle soignés-soignants » comme dit le dépliant. On n'y enferme pas les grands délirants. Ceux-ci sont ailleurs, dans les asiles. Ici, on trouve surtout des grands dépressifs, des névrosés et des paumés inclassables. Les portes sont grandes ouvertes, la mixité présente. Les seules choses imposées sont l'obligation de se coucher avant minuit et l'absence de rapports sexuels. Pour le reste, on verra par la suite ce qu'il en est.

C'est mon territoire, mon lieu de travail. Je vais y rester toute la nuit.

Seul.

Déjà, quelques types m'ont aperçu de loin, ils ont l'air content de mon arrivée. Celui qui parait le plus heureux, c'est Jean. Sa grande silhouette se déplie de son fauteuil. Il s'agit d'une sacrée baraque. Dans une autre vie, il a dû jouer 2eme ligne au rugby. Ses deux mains sont deux gros battoirs dans lesquelles votre pogne disparait complètement. Il vient au-devant de moi pour m'en serrer une. Cela fait plaisir. Jean est infirmier psychiatrique de jour, il porte une petite barbe noire qui impressionne mais qui disparait quand il sourit. . En tout cas, ainsi, il montre pas mal d'autorité, qualité non négligeable dans son boulot.

- « Bonsoir » me dit-il « pas grand-chose à signaler pour ce soir »

Il m'entraine dans le bureau. Au passage, je remarque que Maurice et François jouent aux cartes sous la véranda qui jouxte le service. A cet endroit, nous avons passé de longues nuits à discuter, parfois jusqu'à trois ou quatre heures du matin, jusqu'au jour où quelqu'un, Jean, justement, m'a fait remarquer que le lendemain de mes gardes, ces deux-là roupillaient pendant la réunion de synthèse du matin. Oh, gentiment bien sûr, mais on sentait que cela venait de plus haut. La Chef de service n'était pas très contente de mes psychothérapies sauvages. Depuis, je me suis toujours arrangé pour les envoyer se coucher au plus tôt vers minuit. Au début, ils rechignaient mais comme ce ne sont pas des imbéciles, ils en ont compris les raisons. Et puis, cela me laissait plus de liberté pour le reste de mon travail. Travail qui n'est pas très fatigant par ailleurs mais qui consiste surtout à se trouver là au moment où il faut, prêt à écouter, prêt à prévenir l'incident. Indispensable boulot que celui de veilleur. Peu de responsabilités à condition de faire marcher sa tête, de savoir se servir d'une cuisinière à gaz pour réchauffer un peu de lait, de thé ou de café. De savoir utiliser le téléphone en cas de besoin. Enfin, de rester calme en toute occasion.

- « Voilà : Martine, Annie et Rachid sont au cinéma à côté. Ils devraient rentrer à 23 heures. » Devant nous s'étale le cahier rectangulaire de la relève. Les noms et les numéros s'inscrivent dans une colonne à droite avec en face quelques annotations. Il n'y a rien de secret puisque tout le monde peut le voir. « Mme Balou est en permission dans sa famille, au moins tu n'auras pas de problème avec elle. Pépé Kalfon est déjà couché comme d'habitude, quant aux autres, rien à dire. Ah oui, j'oubliais, Monsieur Zonzon a disparu, on ne sait pas où il est. Tu le verras peut-être. »

Une quinzaine de présents. Et tout autant d'histoires, de drames, de détresses. « Psychiatrie » est un tout petit service mais c'est la première fois depuis 4 ans que je me sens vraiment à l'aise sur un lieu de travail, sans appréhension. Non que j'y vienne avec allégresse car il faut bien gagner sa vie d'une façon ou d'une autre, il ne faut pas exagérer non plus ! C'est vrai que lorsqu'on m'a proposé ce remplacement, je n'ai pas hésité une seconde même si c'est moins payé que des gardes d'infirmiers. Mais ça m'intéressait, comme un territoire que l'on découvre, une page que l'on déchiffre, un arpent de terre que l'on défriche.

Vingt Heures.

Jean s'en va. On est restés, un moment plus tôt, sous la véranda, respirant la douce odeur des fleurs, appréciant cet instant. Ma tasse de café commence à refroidir. La première de la nuit. Pas de l'arabica mais cette infâme lavasse que seuls les hôpitaux peuvent fabriquer. Du moment que cela chauffe le ventre, on ne lui en demande pas plus. Jean m'a dit des choses gentilles, des trucs que l'on exprime quand quelqu'un part. Tant pis si ce n'est pas vrai ou tant mieux. Je le vois s'éclipser au bout du couloir, avec nostalgie. Mais il m'a appris que je le reverrai demain matin à 7 heures car il remplace au pied levé une de ses collègues. Il est un peu comme moi, il ne sait pas dire non. Je suis néanmoins content de le revoir pour ma dernière relève. C'est une perspective agréable car je l'aime bien.

Bon, du nerf, réveillons-nous !

Je retourne dans le bureau, contemple de nouveau le cahier ouvert sur la table. Au mur, une blouse pend. Je ne l'ai jamais mise. En Psy personne ne porte cette espèce d'uniforme sauf peut-être l'interne « somatique » comme on dit, pour bien marquer sa différence. Le pauvre vieux doit se sentir bien seul. A moins qu'il soit attaché à cet attribut, gage de son statut. Enfin, moi, je ne l'endosse pas. Je n'y perds rien, au contraire. Dans ma poche, je sens le contact de la clef des toxiques. De l'armoire à pharmacie. En haut, une vingtaine de petits casiers contiennent les médicaments de chacun de mes pensionnaires. Pour la dose, je ne m'en occupe pas, ils savent ce qu'ils ont à prendre. Au début, cela m'avait surpris. J'imaginais de sombres tripatouillages dans l'obscurité des chambres, mais maintenant par habitude, je n'y fais plus attention. En fait, ils prennent toujours la même chose et pas plus de neuroleptiques qu'ailleurs. Peut-être plus quand même mais pas de façon exagérée. En dessous des casiers, l'alignement des boites partagées en Tableau A, Tableau B et Tableau C, du plus méchant au plus gentil, accompagne le regard jusqu'à un logement où reposent un stéthoscope et un appareil à tension. C'est tout. De toute façon, je ne me suis jamais servi, ici, de ces instruments emblématiques de la fonction de médecin.

Après avoir refermé la porte de l'armoire, je cherche sur une feuille scotchée au mur, le nom de l'interne de garde cette nuit : Daniel Bonnard . Ouf ! Je le connais. Cela me rassure. Un vieux de la vieille, sans doute en dernière année d'Internat, depuis le temps. Avec lui, je me souviens avoir eu deux grosses chaleurs, les années précédentes alors que je remplaçais une infirmière de nuit. Toutes les deux en Cardio, un des endroits périlleux de l'Hôpital avec la Réanimation. La première fois cela devait être pour ma deuxième ou troisième garde, je ne savais pas encore très bien où étaient les injectables, les seringues, le garrot, bref tout ce qui est indispensable pour faire des intraveineuses. Les services étaient, pour moi, autant de lieux étrangers où il fallait passer plus d'un quart d'heure à chercher ce que l'on veut.

C'est le lot quotidien des remplaçants. Quant aux intraveineuses, mon expérience en la matière était bien mince à l'époque. Mais je me disais que je serais bien obligé de m'y mettre au moment voulu, même en tremblant un peu. Inconscience ou témérité de la jeunesse ? La question méritait seulement la réponse du temps et des gestes cent fois répétés. Heureusement, la veilleuse du service, une de ces femmes que l'on ne rencontre que la nuit, connaissait son affaire bien mieux que moi, pauvre parachuté.

Elle m'avait déjà appelé deux fois vers minuit et une heure pour un homme de 70 ans, cardiaque, qui n'arrivait pas à dormir et qui avait du mal à respirer. Je lui avais pris sa tension qui était bonne à ce moment-là. Au stétho on n'entendait rien de méchant. Ma foi, je ne me faisais pas trop de soucis. Le cap du milieu de la nuit est souvent difficile à franchir, mélange d'angoisse et de fatigue. J'étais plus préoccupé par les injections que je devais faire à heures fixe et précises, dans une perfusion qui pouvait claquer à chaque instant. Espèce de numéro d'équilibriste impossible à réaliser au même moment sur 3 étages et à une dizaine de patients graves.

Au troisième appel, à deux heures, je changeai d'avis. Surtout qu'elle m'avait dit : « -Venez vite, je crois qu'il fait un œdème du poumon ! ». La tuile quoi ! En arrivant vers elle, je constatais que Bonnard était là aussi. Elle l'avait appelé sans me consulter, voyant que la situation empirait. Bien lui en avait pris. J'aurais sans doute pinaillé encore un petit moment. En trois minutes, Bonnard avait confirmé le diagnostic : défaillance cardiaque majeure. . Il avait engagé la course thérapeutique : Oxygène et produits stimulants. La veilleuse avait déjà tout sorti sur le chariot de soin. Il ne me restait plus qu'à casser fébrilement les extrémités des ampoules pour remplir deux petites seringues. Et, à Dieu va... Je transpirais autant que lui. Au bout de cinq minutes, comme il n'y avait pas une grande amélioration, on décidait de faire une saignée. On plante une aiguille dans une grosse veine et le sang s'écoule dans un récipient. Là aussi, tout était déjà près sur le chariot. La veilleuse avait bien anticipé. Elle seule pouvait savoir où se trouvait le matériel et ne pas perdre de temps.

Après plus de 200 cc de sang dans la cupule en aluminium, la respiration devint presque normale, son état s'améliora. Une vraie résurrection. On gardait juste un peu d'oxygène. Il ne me restait plus qu'à courir ailleurs car, maintenant, toutes mes injections de deux heures étaient en retard. Un vrai boulot de fou !

La deuxième fois, fort de cette expérience, j'avais été plus prompt à réagir. Surtout je connaissais mieux la topographie des lieux. C'était pour une dame d'une quarantaine d'année, hospitalisée pour phlébite et qui recevait pour cela une dose d'anticoagulant toutes les 3 heures. Je lui faisais directement dans une perfusion, parfois même sans la réveiller, à l'aide d'une lampe de poche. Ce soir-là, chaque fois que je venais la voir, je la trouvais éveillée. Mais je sentais plutôt monter en elle une angoisse qui ne devait rien à la profondeur de la nuit.

Vers deux heures du matin, alors qu'elle commençait à s'agiter vraiment, je décidais d'appeler l'interne de garde, Bonnard, donc, qui me conseillait de faire un électrocardiogramme en attendant qu'il arrive. Il finissait une autre intervention ailleurs. Le temps de pratiquer l'examen, le voilà qui déboulait, suivi comme son ombre par l'externe de garde. L'électro montrait à l'évidence une embolie pulmonaire grave. Tout le contexte permettait d'envisager en premier cette éventualité. La malade, elle, ne disait plus rien. Je voyais sur la figure de Bonnard que je ne m'étais pas trompé. Il n'y avait pas grand-chose à faire, à part téléphoner en urgence en Réanimation pour qu'ils libèrent un lit. Je préparais une perfusion d'attente et un quart d'heure plus tard, je pénétrai au côté de mon brancard dans le grand et froid service des Soins-Intensifs. Le lendemain soir, j'apprenais qu'elle était morte dans l'après-midi.

Bonnard, oui, je reste un moment pensif, assis à demi sur la table, me remémorant ces instants passés. Un look improbable, toujours mal rasé, sa chemise d'interne presque déboutonnée laissant voir quelques poils, des tongs aux pieds. Un aspect négligé qui contraste avec sa rigueur, ses compétences, son humanité.

A côté, j'entends la télé qui braille dans la salle de réunion. Il faut que je leur conseille de baisser le son, parce qu'on va avoir tout l'Hôpital sur le dos et surtout la surveillante de nuit. Eventualité que je ne tiens pas à provoquer. Je passe ma tête dans l'entrebâillement de la porte. Je constate, comme d'habitude, qu'il n'y a plus personne. Parfois, quand est diffusé un très bon film, certains restent à le regarder mais le plus souvent, les informations passées, tout le monde déserte la salle. J'appuie donc sur l'interrupteur du récepteur, la forte musique s'interrompt. Je regarde autour de moi. Les murs. Là où sont exposés les travaux, les dessins, les peintures des malades du service. Certains, malgré leurs maladresses, dégagent une sombre beauté.

Il reste même, visible, une vieille tête de clown, œuvre de Marie-Lou, une suicidée de l'année dernière qui depuis s'est établie en Provence. Elle continue de peindre m'a dit Jean. Je l'avais connue juste au moment où elle émergeait de sa déprime, tentant vaille que vaille de remettre son existence à flots. Une personnalité attachante qui ne pouvait laisser indifférent. Je l'avais bien mal approchée. Peut-être en étais-je un peu amoureux, ceci expliquant cela. Et puis je n'avais pas le temps. Toujours à courir d'un endroit à un autre, toujours en retard de quelques tâches. Parfois je la voyais cinq petites minutes entre 22 et 23 heures, juste avant qu'elle ne disparaisse se coucher. Les autres filles disent qu'elle serait avec Georges, un ancien veilleur de nuit de Saint Louis. Mais n'allez pas chercher là mes motivations profondes pour ce poste.

J'éteins la pièce. Toutes ces couleurs s'évanouissent dans l'obscurité. La porte refermée, je retraverse le couloir d'où je perçois les échos d'une discussion animée dans mon bureau. Il y a là Jean-Yves, Marinette, Monsieur Crépon. Et cela n'a pas l'air de très bien se passer. Heureusement mon arrivée semble les calmer un peu.

- « Moi, » dit Monsieur Crépon, « vos réunions, j'en ai marre, je suis ici pour me reposer et pas pour me torturer l'esprit ou écouter toujours vos histoires... » C'est un homme de 60 ans qui est hospitalisé depuis deux mois à la suite d'une tentative de suicide après la mort de sa femme dans un accident de voiture. Décès. Décompensation. Inadaptation à la solitude. Le schéma plus ou moins classique avec quelque chose en plus qui m'était apparu un jour où nous conversions tous les deux sous la véranda, lieu propice aux confidences. Il m'avait confié qu'en fait, il ne l'aimait plus depuis longtemps mais que son seul plaisir était de l'emmerder au maximum. Elle pleurait souvent, me disait-il, se délectant encore en y repensant.

- « Mais pourquoi vous venez alors ? » Marinette est en colère.
- « Pour Mme Bernard. » Le chef de service. Le couperet est tombé. L'argument massue. Ce qui clôt tout dialogue. Jean-Yves, qui en a vu d'autres, reste silencieux.
- « N'empêche que vous pourriez dire quelque chose au moins, plutôt que de rester assis en la fermant... » Marinette y croit toujours. Mais c'est inutile. Mr Crépon se tourne vers moi :
- « Docteur, pourriez-vous ouvrir l'armoire pour mon Mogadon ? »

Il m'énerve, Monsieur Crépon, à toujours m'appeler Docteur. Tout ça, parce que je lui ai dit que je faisais Médecine. Il pense sans doute me flatter. Mais je ne recherche pas ces marques de respect. Cela serait trop long à lui expliquer et puis je crois qu'il ne comprendrait pas. Veilleur. Je suis veilleur. Rien d'autre. C'est là ma gloire. On me paie pour ça et je n'en demande pas plus.

J'ouvre de nouveau l'armoire à Pharmacie et il se sert. Des casiers sont vides, preuve que certains se sont déjà approvisionnés pour la nuit. Je jette un œil sur la bouteille de tranquillisant pour Mme Kaspernac. Combien de gouttes va-t'elle me demander ? Tout dépend de son état d'agitation. Mais comme je ne l'ai pas encore vue, je peux déjà en déduire qu'elle est plus calme ce soir. A moins qu'elle soit partie donner à manger aux chats de la maison. Et dans ce cas-là, je dois m'attendre à tout !

Crépon s'en va, son « Dauphiné » sous le bras.

- « Bonne nuit, Docteur. »

Grrrrr !!!

Marinette se tire vite fait sur les talons du vieux. Peut-être va-t-elle le relancer. C'est bien son genre. Reste Jean Yves. Avec lui, je n'ai jamais eu de rapports vraiment francs, de contacts. Sans doute par méfiance mutuelle. Il y a des gens avec qui cela n'accroche pas. Qui ont du mal à baisser l'armure. Et pourtant, nous devons avoir le même âge. Mais rien ne passe. Comme si on avait coupé le courant. Je ne vous raconterai pas l'histoire de Jean-Yves parce que je ne la connais pas. Et qu'il ne m'en a jamais parlé. J'aurais pu aller regarder dans son dossier médical mais je ne l'ai jamais fait. Pas par absence de curiosité, non, ni même pour refuser de mettre un syndrome sur chaque visage. Appelez ça de la pudeur, peut-être, pourquoi pas ?

- « C'est ta dernière nuit ? » Paf ! En plein dans le mille, le Jean-Yves ! Quelqu'un a dû cafter et il veut savoir si c'est vrai. Le genre de chose dont je n'aime pas tellement parler car on est tous pareil, les départs, ce sont toujours des petites morts. Et on s'habitue aux gens. Et eux, s'habituent à vous. Et puis un jour, il faut reprendre sa place, sa vie et c'est comme si on les trahissait. Tu pars. Tu désertes. Tu nous fais suer mais on veut que tu restes. Ton suivant, c'est l'inconnu ou le trop connu, l'habituel, celui qui était parti en vacances et qu'on voit toute l'année. Voilà pourquoi, je ne souhaite pas trop en parler.

- « Ouais... »

Devant mon visage fermé tout d'un coup, il sent alors qu'il a peut-être gaffé.

- « Je te demande ça juste comme ça. Pour savoir. » Tu parles !
- « C'est moche, on aurait pu faire une petite fête... »

Tu m'emmerdes Jean-Yves, te rends-tu compte que tu m'emmerdes ?

- « Ce n'est pas vraiment la peine. Tu sais. Je remplace juste. » Je ne sais pas si je suis convaincant, j'espère. « Tu as pris tes pilules ? » Comme diversion, ce n'est pas fameux mais trouvez mieux si vous êtes si malin.

- « Non, pas encore, j'ai envie de lire un peu… »
- « Tu lis quoi ? »
- « Oh, rien. Des « San-An », j'aime bien. On ne trouve que ça par ici… »

En trois minutes, tu m'en as plus dit qu'en trois semaines, incroyable !

- « A tout à l'heure, peut-être… » me dit-il en partant.

Je regarde ma montre :

Vingt et une Heures.

Il est grand temps que je fasse un petit tour à la cuisine. Celle-ci se trouve dans le prolongement du couloir de l'entrée et n'est séparée des ascenseurs que par deux portes battantes. Elle est toute petite mais bien aménagée : un grand évier à deux bacs, une cuisinière à gaz, un grand frigo et une table autour de laquelle on peut s'asseoir. Sans compter un placard mural qui contient la vaisselle et, bonheur, notre réserve de « bon » café avec des filtres. Plus quelques bouquins de la bibliothèque qui trainent là, on ne sait pourquoi.

Elle reste allumée toute la nuit même lorsque le service est éteint. Comme un phare guidant les marins de la nuit. Et c'est bien de cela qu'il s'agit, permettre à la personne en détresse de trouver sa route, un coin chaud pour calmer son angoisse, un peu de thé ou de café, un endroit pour confier sa peine, un lieu pour échapper à ses démons nocturnes. Une espèce de point géométrique où tout converge, où tout peut se diluer. Quand la porte est fermée, on se sent en sécurité malgré la lumière agressive du néon. Personnellement, je n'aime pas trop me claquemurer dedans car on n'entend plus ce qui se passe à l'extérieur. Autant les appels des malades que, pire, les pas feutrés de la surveillante de nuit. Rien n'est plus dangereux que de rester sourd à ces choses-là. Une expérience désagréable, qu'il vaut mieux éviter si on veut garder son emploi. Seul le bruit strident du téléphone traverse l'épaisse cloison.

Je me suis toujours demandé comment pouvaient dormir les malades avec tous les bruits : portes qui claquent, téléphone, pas dans le couloir, chasse d'eau, cris, vaisselle. Tout ce qui agite le rythme de la garde. Sans parler de l'arrivée à 6 heures du mat du commando de nettoyage des sols, équivalent de la 2eme DB délivrant Paris dans un tunnel ! L'habitude sans doute, comme les gens qui habitent à côté d'une gare. Et les somnifères : Incroyable la quantité de pilules qui sont distribuées pour favoriser le sommeil. Pas seulement en Psychiatrie mais dans tout l'Hôpital.

Les fabricants du Mogadon ou du Valium bénéficient là d'un champ d'expérience et d'un marché inépuisable.

J'ouvre la porte de la cuisine où m'attendent Marie-Jo et Sylvie, un grand bol de thé fumant devant elles. Elles m'invitent à en prendre.

- « Alors, ça va ? »
- « Ouais, » je fais, « et vous, la journée a été bonne ? » Elles sont toutes les deux en externe, cela veut dire qu'elles travaillent à mi-temps :Le soir, elles rentrent dans le service. Vu comme ça, on pourrait penser que cette situation est pesante mais, en fait, c'est leur réinsertion à elles. Dans le monde des gens normaux. Elles ne prennent presque plus de médicaments. Comme elles travaillent ensemble, elles se soutiennent mutuellement. Une thérapie par le quotidien, en quelque sorte.

- « Tu veux du thé ? » Sylvie est une grande fille maigre aux yeux bleus enfoncés au fond des orbites ce qui lui donne un air étonné qui m'a toujours frappé. A 25 ans, c'est déjà une habituée des hôpitaux psychiatriques où elle traine depuis l'âge de 15 ans, faisant rechutes sur rechutes. Je ne l'ai jamais vue en crise et je ne le souhaite pas. J'aimerais conserver d'elle l'image d'une fille à l'orée de s'en sortir et qui essaie de mettre tous les atouts dans son jeu. C'est un vœux pieux, bien sûr, mais j'y tiens.
- « Non merci, je reste au café… »

Marie-Jo est tout son contraire. Une bonne femme électrique que la vie n'a pas épargnée. Son mari la battait, se saoulait la gueule, le coup classique, n'oubliant pas au passage de lui faire quatre enfants. Un jour, elle a craqué, s'est enfuie, a voulu se noyer et y est presque arrivée. Grande détresse, grande précarité, grosse dépression et la perte de ses enfants confiés à une famille d'accueil. Malgré tout, elle a retrouvé un semblant de joie de vivre ; maintenant, elle parle de reprendre ses petits. Parfois, alors qu'on discute avec elle, son regard se perd en regardant la porte d'entrée, comme si elle craignait de voir débouler, de nouveau, son mari complétement ivre.

- « Dommage, parce qu'il est bon, on l'a acheté à Prisunic, tu sais, en face de la place. »

En général, c'est Sylvie qui parle. Elle est assez drôle quand elle s'y met.

- « Jean nous a dit que tu finissais cette nuit. C'est vrai ? »

Bon, va falloir que je m'habitue. Tout le monde est au courant. J'ai vraiment l'air con avec mes cachotteries.

- « Eh oui, faut bien que je prenne des vacances ? » Pitoyable argument !
- « C'est Pauline qui va être déçue... »

Voilà autre chose. Qu'est-ce que c'est que cette histoire ? Je te découvre sous un autre jour Sylvie, ne serais-tu pas un peu concierge ?

- « Pauline ? »

Elle se régale, Marie-Jo aussi. Toutes les deux se fichent de ma tête tranquillos. Moi, je suis l'abruti qui ne sait plus quoi dire. Pauline, j'ai eu le malheur de m'occuper d'elle plusieurs fois gentiment en rentrant dans son jeu. Elle est hypochondriaque. Suicidaire. Intellectuellement limitée. Toujours mal quelque part. Toujours quelque chose qui ne va pas. Tout cela cachant une angoisse devant la vie qui ne peut se traduire qu'en symptômes. Et elle bouffe. Elle est énorme. Au moins 100 kilos et je ne suis pas méchant. Le soir, elle se balade dans le service en chemise de nuit presque transparente, ses gros pieds débordants de ses pantoufles têtes de chien. Peut-être me trouvez-vous dur avec elle, peu charitable mais elle est vraiment pénible quand elle veut. Dans ces cas-là, une seule solution, la fuite. Un travail urgent qui m'appelle, un coup de téléphone vital, une urgence. D'accord pour le coup de main mais c'est tout. Rien n'est plus dangereux que de donner l'impression d'être ce que l'on n'est pas, de s'intéresser à quelque chose qui nous indiffère. J'aurai dû me méfier. C'est un peu tard pour regretter. Je ne sais pas ce qu'elle a pu imaginer mais je sens soudain comme une menace sur cette garde qui promettait d'être relax.

- « Oh, les filles, arrêtez un peu votre cirque, non ? »
- « Attends, dit Sylvie, « ce n'est pas méchant, c'est vrai qu'elle est un peu lourde, des fois » et elle ricane, contente de sa blague !

Même si je trouve ça drôle et ne peut m'empêcher de sourire, il faut que je réplique. Je ne vais pas m'en tirer comme ça. Je la joue thérapeute de bastringue :

- « C'est une grande malade. Il ne faut pas vous moquer. C'est une boule de malheur cette fille. On ne sait pas ce qui peut se passer dans sa tête. Elle traine de sacrés traumas… » Un petit silence et « Et puis elle n'a pas votre âge et votre vécu pour pouvoir analyser ça, le comprendre » histoire de les impliquer un peu là-dedans. C'est vache mais efficace…

S'en suit un plus long silence que Sylvie brise au bout d'un moment :

- « N'empêche qu'elle en pince pour toi ! »
- « N'importe quoi ! Tu rêves ? »
- « Non, elle me l'a dit. Elle t'appelle « Son P'tit Chou ». Elle pense que tu vas la sortir de là. Que vous allez vous marier, et tout ça… »

C'est plus grave que je ne le pensais. La nuit va être longue. D'ici qu'elle décompense, on va être bien. Il faudra que j'essaie de désamorcer ça. Courage. Je ne m'éviterai pas un passage dans sa chambre. Et sans doute une petite discussion désagréable en prime. Sinon le drame se prépare.

- « Bon, on verra. Je compte sur vous pour jeter un œil sur elle. Pour voir si elle ne va pas mettre le bazar pendant la soirée. Je vous revaudrai ça, les filles. Ah oui ! En partant, vous rangerez vos bols parce qu'en général c'est moi qui dois tout remettre en place et faire la vaisselle vers deux heures du mat... »

Rien de tel qu'une petite provoc pour changer de sujet. Alors là, c'est Marie-Jo, qui, sans doute touchée dans son honneur, intervient :

- « Oui, Monsieur le rabat-joie ! Mais tu n'as pas besoin de nous le dire, on le fait tout le temps de toute façon. Tu n'es vraiment pas intéressant ! On se demande ce qu'elles te trouvent toutes ? »

Première nouvelle ! Moi qui suis le roi du râteau, voilà que j'apprends tout à coup que toutes les nanas du service sont folles de moi.

- « Et puis, ce n'est pas nos oignons, on ne veut pas se mêler de ça » rajoute Sylvie de parfaite mauvaise foi car c'est elle qui a mis le sujet sur le tapis.

Je recule jusqu'à la porte, vaincu :

- « Bon, bon, c'est bon. Bonne nuit, ne veillez pas trop tard. Si vous avez un souci, vous savez où me trouver. Je retourne dans ma cage. »

-

Je réintègre le bureau, préoccupé.
Au fond, dans une petite alcôve, a été installé un lit. Théoriquement destiné au veilleur pour qu'il puisse se reposer pendant la nuit si le service est calme. En général vers deux ou trois heures du matin, on pourrait s'assoupir mais sur le contrat qu'on signe à l'embauche, ce n'est pas précisé si on a le droit ou non de dormir. Personne n'a jamais pu me donner une réponse claire. En général, je ne joue pas à ça parce qu'étant un peu angoissé de nature, je crains

trop de ne pas entendre les sonnettes. Enfin, c'est très mal vu de dormir au travail.

Car il existe un autre danger, celui-là, beaucoup plus perfide : le passage de la surveillante de nuit ! Ouh là ! Je n'ose même pas imaginer la situation : Sœur Bernadette arrive : toi, tu roupilles comme un bienheureux. Ce n'est pas la peine d'y penser ! C'est un peu Belphégor qui débarque au milieu du Louvre comme Juliette Gréco dans le célèbre feuilleton de la télé. Sœur Bernadette doit être une sœur insomniaque dont le seul rôle, sous un abord très souriant, très maternel aussi, est de terroriser le personnel soignant. Elle note tout, voit tout, se déplace furtivement, est là alors qu'on l'attend à l'autre bout du pavillon. Sanction ultime : Un rapport impitoyable à la surveillante générale Sœur Marie Louise, une autre peau de vache. Autre chose, elle n'est d'aucune aide. Quand l'année dernière, je m'étais ouvert vers elle des difficultés du travail d'équilibriste de nuit comme infirmier sur 3 étages, elle m'avait regardé avec bienveillance, m'avait écouté (j'allais dire religieusement) mais m'avait répondu qu'elle n'y pouvait rien. En plus, elle n'avait jamais reçu aucune plainte à ce sujet-là…

Malgré tout, il faut être bien dans ses papiers sinon la foudre peut tomber. Ne pas être dupe, savoir que derrière son sourire de façade se cache Satan en personne. Surtout ne lui glisser aucune confidence, aucune miette de vous-même sinon vous risquez de lui être redevable de quelque chose. Et tôt ou tard vous en payez les conséquences. C'est ce qui est arrivé à un de mes collègues qui par naïveté lui avait avoué qu'il était diabétique. Il s'est retrouvé mis à pied pour mise en danger d'autrui. J'espérais seulement qu'étant futur médecin, elle me considérait comme un interlocuteur en devenir, digne de confiance, donc ne s'endormant pas au cours de son travail.

Le téléphone sonne.

Je décroche.

- « Allo Stan ? » C'est Vicky. Vicky Perez, une élève infirmière que je connais depuis 3 ans. Elle travaille elle aussi à Saint Louis pour les vacances, pour sa dernière année d'études. Elle est toujours affublée de son alter égo Marianne qui est bâtie sur le même modèle. Des formes avantageuses, une énergie débordante, toujours le sourire, et surtout toujours prêtes pour se lancer dans des aventures improbables... Avec mes potes, on les appelle « Les Lolos » et ce pour une raison évidente. Oui, on n'est pas très malins. Mais ça les fait rire, elles aussi. Alors ?

- « Oui, Vicky ... »

- « Ecoute, on est au-dessus de toi, dans les étages. On a une infirmière de nuit qui nous chapeaute sur les 3 services mais vers minuit, on sera un peu plus libres. Pour la pause casse-croûte, on viendra chez toi. Elle préfère qu'on ne soit pas dans ses pattes. »

- « C'est qui ? »

- « Geneviève, elle est sympa. Elle nous encadre mais nous laisse un peu de liberté si on lui demande. Tant que le travail est fait. Tu es d'accord ? »

Geneviève, j'avais travaillé avec elle en service quand je faisais fonction d'Aide-Soignant. Une vieille d'au moins 40 ans ! Elle m'avait à la bonne. Elle me montrait toujours des trucs infirmiers. A son contact, j'ai gagné des années d'expériences car tout ce dont je me sers dans ma pratique à l'hôpital, je l'ai appris avec elle. En même temps, cela me rassure de savoir qu'elle est là car, si j'ai un problème cette nuit en Psychiatrie, c'est elle qui viendra. Décidément je suis bien entouré ce soir.

- « Oui, c'est d'accord. Mais j'espère que vous ne ferez pas trop de bruit. » Je me méfie des nanas car elles ont un rire sonore. Quand elles sont lancées, ça déménage. J'ai quand même des malades qui dorment à côté. Minuit ça va. En général la nuit est bien entamée, tout le monde est couché, Sœur Bernadette jamais dans le coin. C'est vraiment le moment le plus tranquille pour notre collation.

- « T'inquiètes, » elle me dit, « ça ne t'ennuie pas si on a Blandine avec nous ? » Blandine, je l'ai déjà croisée au cours de mes pérégrinations à Saint Louis. Une élève infirmière aussi, mais plus âgée de quelques années. J'avoue qu'elle m'impressionne un peu. Elle a fait PCEM mais a raté pour quelques points et comme elle voulait rester dans le médical, après deux ans inutiles en Biochimie, elle s'est lancée là-dedans. Elle est blonde, jolie et chaque fois qu'elle parle, elle parait plus mature. Enfin, plus réfléchie que nos deux « lolos ». Ce n'est pas trop compliqué mais je les aime bien. Jamais on n'a flirté et c'est très bien comme ça.

- « Non, ça va. On ne va pas la laisser de côté. » Je regarde la pendule. Parfois, quand les nuits sont trop calmes, j'ai mal au cou le matin à force de lever la tête pour regarder le temps qui passe. Alors, j'essaie de me placer le mieux possible pour n'avoir qu'à lever les yeux sans trop bouger.
- « Bon, je te laisse, j'ai encore du travail. A toute... »

Vingt-deux Heures.

Je commence à vérifier que tout mon monde est là. Les deux sous la véranda continuent leur partie. Il faut que je leur dise d'ouvrir les fenêtres car avec leur tabac, la fumée commence à faire un sacré nuage au-dessus d'eux. Certaines chambres sont fermées, d'autres ouvertes, et si c'est le cas, cela veut dire que leurs occupants ne sont pas loin. Aucune ne doit être fermée à clef, question de sécurité. Je n'ai le droit de rentrer dans les chambres qu'à mon tour de 2 heures du matin où je vérifie que tout le monde dort et va bien. Les autres heures, c'est interdit. Jean m'a bien expliqué qu'il s'agissait d'une règle non écrite mais acceptée par tout le monde. Personnels ou malades. Nous ne sommes pas en prison mais pas non plus en vacances. La porte de Monsieur « Grrrrr » Crépon est fermée mais je sais qu'il est là car je perçois, à travers, ses ronflements sonores. En général, il se lève tôt vers 6 heures mais je ne l'ai pas dans les pieds, il reste dans sa chambre. Dans une heure les derniers retardataires vont rappliquer et après avoir fait ou non la police, tout le monde sera couché.

Evidemment, pas de Monsieur Zonzon ! Il est vraiment indépendant celui-là, et vit sa vie ici, comme si on n'existait pas. Sauf s'il a faim. Alors là, il nous retrouve tout de suite.

Je passe devant la porte ouverte de Pauline. Elle doit être aux toilettes car je ne l'aperçois pas dans sa chambre. Il faudra que j'aie une petite conversation avec elle. Je n'y échapperai pas. Heureusement qu'il y a le jardin et qu'il y a des salles d'activités un peu larges car les chambres où ils habitent ne sont pas spacieuses. Juste un lit médical sans apprêt, une petite table de nuit, un petit bureau pour mettre quelques affaires personnelles, écrire si besoin, et une armoire standard. C'est tout. Rien d'autre. Quand je pense qu'il y a des pensionnaires qui demeurent trois ou quatre mois ici, je me demande bien comment à la longue, ils supportent cela. Mais je ne suis pas dans leur tête. Heureusement d'ailleurs. Quand tout fout le camp, c'est sûrement rassurant que votre monde se résume à pas grand-chose mais au moins stable et solide.

Mes sabots blancs font un peu de bruit quand je marche mais j'essaie de me faire léger. Oui, nos chaussures de ville ne sont pas recommandées. Comme je n'y avais pas pensé le premier soir, Jean m'a trouvé une vieille paire qui traînait dans un coin. Ils ne sont pas de première jeunesse mais Ils sont indispensables car :

-un, nous sommes confrontés à devoir marcher dans différentes substances comme de l'urine, du sang, du vomi et plus souvent de la merde.

- deux, je ne suis pas riche, je ne veux pas ruiner ma seule et unique paire de pompes utilisables.

-trois, ils sont hyper-confortables. Une fois mis, je ne les sens plus. Mes pieds, qui sont amenés à faire des kilomètres pendant la nuit, respirent très bien dedans. Comme une seconde peau.

Reste la question de l'hygiène, car ils ont appartenu à quelqu'un d'autre avant moi, mais j'ai résolu le problème en les passants à la machine à laver à 90° dès le lendemain de leur acquisition. Cela leur a donné un coup de jeune. Depuis je les ai adoptés. En plus, cela me fait gagner quelques centimètres, ce qui n'est pas plus mal pour quelqu'un qui doit de temps à autre manifester une certaine autorité. Demain matin, je les laisserai dans le bureau et qui sait ? Ils feront peut-être le bonheur de quelqu'un d'autre ?

L'avantage de ce travail pour moi, c'est que je ne suis pas loin de l'endroit où je crèche. Nous occupons un grand appartement en colocation dans le centre-ville. Le soir, je peux venir à pied, le lendemain matin, je peux flâner au retour dans les rues désertes. Je m'arrête souvent sur le grand pont qui traverse le fleuve pour regarder les péniches qui passent. Ce mode de vie permet bien sûr de diviser le loyer mais s'accompagne d'inconvénients inhérents à la vie en collectivité. Pour l'instant, depuis deux ans, nous ne nous en sortons pas trop mal. Les règles établies au départ sont respectées à peu près :

nettoyage de la salle de bain après chaque usage, de la cuisine à tour de rôle comme pour le remplissage du frigo avec bien sûr compte d'apothicaires pour que personne ne soit lésé. Nous sommes cinq dont un couple et ça va. J'ai déjà vécu à trois dans un appart pendant deux ans quand je suis parti de chez mes parents. Donc, je connais. Nous l'avons laissé à la suite de la défection d'un des locataires avec impossibilité de le remplacer. A suivi une période un peu complexe où il a fallu que je loge chez mes grands-parents dans une chambre non chauffée en plein hiver. Je les remercie de m'avoir dépanné mais la vie d'étudiant n'est pas tout à fait en phase avec celle d'une autre génération. Après cela, les petits soucis de gestion au quotidien en communauté paraissent dérisoires.

Une chose est sûre : Il ne faut pas trop investir dans cette vie de bohême, laisser parfois son amour propre au vestiaire. Enfin, il faut être extrêmement vigilant à ne pas accumuler les non-dits entre les habitants d'un même lieu. L'expérience m'a appris que l'égalité entre les êtres se cultive tous les jours.Le respect des idées des autres doit être érigé en dogme inaltérable. Facile à dire mais dans les faits, plus difficile à appliquer.

L'immeuble est bourgeois avec des plafonds en altitude. Il présente bien mais l'intérieur a mal vieilli. Le quartier est juste à côté d'une grande place touristique et de la gare. Les loisirs et le travail à deux pas, rien de tel pour poursuivre nos études en toute sérénité.

Nous ne roulons pas sur l'or. Les fins de mois sont difficiles. Mes parents m'aident un peu. Les vacances sont utilisées à gagner ce qui permet de vivre le reste de l'année. Après un externat, où malgré le travail effectif dans les services hospitaliers la paie est dérisoire, les années qui suivent comme interne ou comme remplaçant promettent une meilleure aisance financière. Enfin, il ne faut pas rêver non plus. A mon âge, pas mal de mes collègues de Lycée ont déjà un salaire et sont installés dans la vie. Nous faisons un peu attardés de l'existence mais néanmoins je n'échangerais pas ma vie pour une autre.

Le Restau U nous accueille tous les jours et nous pouvons manger à notre faim même si nous pourrions être lassés d'ingurgiter toujours la même chose, notamment du riz. Bonjour la constipation. Quand on n'en peut vraiment plus, nous allons dans une grande brasserie où nous commandons un seul plat de saucisses frites sur lequel nous mangeons à quatre en utilisant le pain qui reste sur les autres tables. Cela semble fou mais notre manège, pourtant bien visible, n'a jamais été interrompu par les serveurs. Nous n'avons jamais eu d'ennui avec la direction de l'établissement. Parfois nous passons un après-midi entier dans un bistrot à jouer au Yam's avec une seule consommation. Un café ou une limonade. C'est du système D de gens fauchés qui plus tard auront un gros pouvoir d'achat, mais qui pour l'instant se trouvent démunis. Ce qui nous sauve, c'est de savoir que ce n'est que provisoire. Néanmoins, il s'agit d'une certaine école de la vie.

Elle permet de comprendre la situation des oubliés de la société. La fameuse « vache enragée » qui nous élève au-dessus de notre condition de futurs nantis de la république. Bien sûr, je ne me fais pas d'illusions. Je sais que j'ai d'autres collègues qui ne connaissent pas cette situation, les fameux « fils à papa », nos têtes de turcs habituelles, qui n'ont pas de soucis financiers. Ils ne comprennent pas qu'on soit obligés de travailler tout en faisant nos études.

Moi, je suis un peu curieux. J'aime bien me mêler à ce que nous appelons nos ennemis de classe. Je me souviens d'une conversation que j'avais eue avec des fils de Professeurs de Médecine, un groupe de futurs pontes du CHU qui ne se posaient pas trop de question : Nourris, logés, permis de conduire, petite voiture de sport, vacances à la neige et aux Baléares, bals des ingénues etc... Visiblement, ils ne comprenaient pas qu'on puisse faire médecine en ayant tous ces problèmes annexes. Je m'étais retrouvé là car, candidat des causes perdues, j'étais amoureux d'une belle étudiante en Médecine qui, miracle, m'avait parlé sans se pincer le nez. En effet, dès la première année, je m'étais installé dans l'amphithéâtre sur la gauche, avec d'autres étudiants qui me ressemblaient : cheveux longs, pulls biologiques, pantalon pattes-d'eph et regards ténébreux revenus de tout... Nous reproduisions inconsciemment, dans les cours de Médecine, la disposition sociale habituelle, à droite les nantis et à gauche les « révolutionnaires » pourfendeurs de la société établie, adepte du « tout changer », bâtisseurs d'une société nouvelle. Evidemment, nous méprisions allègrement tous ces péteux qui, à droite, venaient en cours avec leurs attachés-cases et leurs costumes bien coupés. Ces gens bien nés voués au succès car sinon, c'était l'opprobre familiale. Dès la première année, ils travaillaient l'internat pour devenir Patron comme Papa. Nous étions habillés différemment mais finalement, nous avions aussi notre uniforme avec nos chemises de grand-père, nos sabots et nos Jeans troués.

Au milieu, se trouvait le reste des étudiants, les bons élèves, ceux présents à chaque cours, les besogneux qui espéraient réussir, les jeunes filles qui voulaient changer de condition. Mais patatras, voilà que l'élue de mon cœur se trouvait au milieu du groupe honni. Il fallait abandonner mes damnés de la terre et me fondre dans le groupe des exploiteurs de la misère humaine. N'écoutant que mon courage, ravalant mon honneur, j'avais pénétré, tel l'explorateur intrépide, au milieu de cette faune hostile. Et ma foi, à part quelques cons prétentieux, qui existaient aussi dans notre groupe, il faut l'avouer, j'avais trouvé là aussi des gens angoissés par l'obligation de réussite. Des personnes, je devais l'admettre, très fréquentables. Pour l'anecdote, cette histoire piteuse allait se terminer lamentablement par une tentative de rapprochement après des semaines de conquêtes laborieuses : J'avais mis la main sur son pull après des minutes de tergiversations et elle s'était tournée vers moi :

- « Il est doux n'est-ce pas ? »

Et j'avais battu en retraite, honteux d'avoir voulu abandonner mes principes pour l'amour d'une belle bécasse. D'ailleurs, son frère m'avait prévenu par avance que je partais pour un combat sans espoir. Cette jeune péronnelle, obsédée uniquement par sa réussite aux examens, avait mis en jachère son petit cœur que j'avais voulu impétueusement conquérir !

Par la fenêtre du couloir, je vois Maurice et François qui rangent leur jeu d'échecs. Ils vont sûrement revenir vers le bureau chercher leurs médocs du soir. Maurice tente de se débarrasser de la dope. Pourtant on n'a pas vocation de traiter les toxicomanes ici.Je pense que Mme Bernard a dû se laisser convaincre de le prendre quand même. Pour une raison inconnue. Tout ce que je sais, c'est que les drogués sont souvent des manipulateurs qui mettent en général le Souk dans n'importe quelle structure. Donc, méfiance, méfiance. Mais, bizarrement, Maurice ne semble pas poser de problème. Il s'est même bien intégré. Encore mieux, il s'est pris d'amitié pour François hospitalisé pour dépression.

En fait, ils s'aident l'un l'autre. Ce sont deux compliqués.

François se cherche une orientation sexuelle. Il doit être la seule personne sur terre qui ne comprend pas qu'il est homosexuel. Tout dans ses manières, son habillement, sa façon de parler, bref, tout évoque cette possibilité. Il s'est d'ailleurs marié, a eu enfants mais au bout de 10 ans de mariage, il a décompensé. Etant incapable d'assumer ses contradictions. A notre époque, dans notre société de la fin des années 70, qui commence pourtant à faire des progrès, à être un peu plus tolérante, cette étiquette est toujours très mal acceptée. Je ne sais pas comment réagit son épouse. Je ne me sens pas le droit de le demander. C'est Jean qui m'a expliqué cela en me parlant de son inquiétude par rapport au rapprochement avec Maurice. Je ne sais pas si ce dernier en est conscient. Je ne voudrais pas qu'il lui fasse du mal mais pour l'instant je crois que la relation est saine. Ils passent beaucoup de temps ensemble. Leurs chambres sont éloignées et lorsque je fais mes tours, ils sont chacun dedans. Mais j'ai toujours une petite appréhension, quand j'ouvre les portes, car j'ignore comment je réagirais si je les découvrais ensemble dans le même lit. Quelque part, je me dis que j'ai bien de la chance de n'avoir pas été confronté à cette situation. Je n'ai pas la boîte à outils pour faire cette police-là. Je peux toujours me retrancher derrière le règlement du service, bien sûr.

Maurice m'a expliqué qu'un jour, alors qu'il était ruiné, au chômage, et que ses amis s'étaient détournés de lui, il avait eu la tentation de voler le sac à main d'une petite vieille. Il avait l'habitude de la croiser. Il l'avait suivie plusieurs jours. Il avait remarqué qu'elle utilisait toujours le même chemin. Ce serait sans doute une proie facile pour quelqu'un de déterminé. Mais qu'au moment où il allait passer à l'acte, il s'était rendu compte qu'elle vivait aussi dans une solitude extrême. Avec peu d'argent, dans un tout petit logement misérable en banlieue. Alors, il avait renoncé.

Il avait compris qu'il devait se soigner. Une espèce de petit miracle, une prise de conscience salutaire qui l'avait conduit vers un centre de désintoxication. Vous me direz que cela n'arrive jamais, qu'il m'a raconté encore une fois des bobards, qu'il doit se procurer de nouveau sa came sous le manteau, quelque part en profitant des largesses de son hospitalisation dans ce service atypique. Que François lui donne de l'argent, qu'il profite de lui. Que c'est pour cela qu'ils sont ensemble. Sans doute. Peut-être. Je ne sais pas. Parfois, je suis naïf.

Vingt-trois heures.

J'entends des rires qui viennent du jardin. Je sors sur le seuil, un peu interloqué car ce n'est pas habituel. Ce sont Martine, Annie et Rachid qui rentrent du cinéma comme prévu. Je l'ai oublié. Je prends ma voix de garde-chiourme :

- « Doucement, on se calme, il y a des gens qui dorment ici », mais elle est désamorcée par le grand sourire qui s'affiche sur mon visage ;
- « T'en fais pas, Stan, » me dit Martine. « On le sait bien, le film était drôle, trop bien. »
- « C'était quoi ? »
- « Annie Hall, de Woody Allen. C'est une comédie et en même temps cela dit des choses sur un peu tout »

C'est vrai, je l'ai vu l'année dernière, vraiment un bon film avec Diane Keaton, un bon moment, un petit chef d'œuvre. Ils sont sans doute allés le voir dans le petit cinéma d'art et d'essai qu'il y a juste à côté de Saint Louis. La programmation est variée et n'hésite pas à repasser un film récent quand il le mérite. Vraiment un bon choix. Elles m'étonnent ces femmes. Et Rachid qui suit.

Voici encore un attelage improbable. J'ai regardé leurs dossiers médicaux car je ne comprends pas bien la raison de leur présence dans ces murs. C'est vrai qu'elles sont en fin de cycle. Normalement elles devraient rejoindre un appartement thérapeutique en septembre. Jean m'a expliqué qu'il s'agissait d'une toute nouvelle expérience importée des Etats Unis. Comme ces lieux de vie pour handicapés qu'on appelle les CANTOU qui commencent à se développer en France. Je ne ramène pas ma science car elle est toute neuve. Elle se fonde sur ce qu'il m'a dit. Toujours est-il que Martine et Annie vont sortir du service pour habiter ensemble dans quelques semaines. Avec une surveillance infirmière régulière dans un logement qu'elles devront gérer toutes seules. Mme Bernard a obtenu les autorisations nécessaires et vogue la galère.

Cette femme que je ne connais pas, que je n'ai jamais rencontrée me semble quelqu'un de vraiment unique. Une espèce de psychiatre idéale. J'en ai parlé avec mes colocataires, qui sont tous des adeptes de l'antipsychiatrie. Ne me demandez pas ce que cela veut dire, je n'en sais rien. Il n'y a pas de définition vraiment établie. Je crois avoir compris qu'ils veulent la fermeture des hôpitaux psychiatriques, les patients dehors, les psychotropes interdits ainsi que les électrochocs. Qu'il n'existe plus que la psychothérapie pour traiter les gens. Généreux programme qui, à mon avis, se heurte rapidement à différents problèmes pratiques comme : Que faire des patients dangereux ou des suicidaires graves ? Voici l'objet de discussions animées entre nous mais je ne suis sans doute pas assez intelligent pour tout comprendre. Pour Mme Bernard, leur avis a été tout de suite tranché : C'est une neuro psychiatre, en plus chef de service, donc inféodée au système et par là même disqualifiée d'entrée. Pourtant, elle me semble avoir de bonnes idées et les appliquer avec une certaine réussite.

Martine est une épileptique. Son visage bouffi trahit l'excès de médicaments. Une forme sévère qui provoque des hallucinations très importantes. Si elle n'a pas son traitement, elle est capable de comportements extrêmes comme de poursuivre des gens avec un couteau, ou de vouloir se défenestrer. D'où sa présence dans les structures psychiatriques. Sa place serait sans doute plus en Neurologie mais Mme Bernard qui a les deux compétences la soigne depuis des années.

Epileptique, nom infâmant qui est maintenant remplacé par « comitial », une appellation plus douce, qui fait moins peur, qui rassure le pékin moyen. Mais c'est la même maladie. Maintenant, beaucoup d'expressions nouvelles sont rentrées dans notre vocabulaire pour adoucir des réalités dérangeantes : « Non-voyants » pour Aveugles, « Mal entendants » pour Sourds, « Amputés » pour Cul de jatte ou bien

« Sismothérapie » pour électrochocs par exemple. Nos anciens n'avaient pas ces pudeurs. Ils appelaient un chien, un chien. Est-ce un progrès ? On peut se poser la question. Toujours est-il qu'Annie, grande dépressive, handicapée de la vie, aux multiples tentatives de suicide, s'est prise d'amitié pour elle. Elles vont partager cet appartement qui semble leur bouée de sauvetage. Il faut voir son regard quand elle parle de ce logement, elle qui, au début du mois, était complètement effacée, habillée de son jogging gris, les yeux tristes et la parole lente. Elle a retrouvé une énergie qu'on ne soupçonnait pas, usée par la vie et les séjours hospitaliers. Rien que pour cela, cet accompagnement thérapeutique mérite d'être tenté.

Rachid, c'est un autre problème. Algérien déraciné, toujours tiré à quatre épingles, venu en France pour travailler, il présente un état maniaco-dépressif. Il est capable de passer de la catatonie à l'exubérance folle. On dit maintenant qu'il est « bipolaire ». Encore un terme « light » pour désigner un trouble psychique grave. J'ai discuté un peu avec lui car son comportement s'est « normalisé ». Disons compatible avec une existence normale. Plus rien n'exprime sa pathologie. On est bien d'accord que définir la normalité est chose difficile, plutôt casse gueule. Je ne me risquerai pas à cela. Bref.

Il travaille depuis 10 ans en France, il a un logement. Des amis. Pas de problème financier. Sa femme et ses enfants vont bientôt venir le rejoindre pour vivre avec lui après des années de démarches administratives. Mais il a le mal du pays. Il analyse très bien son mal-être. Il s'agit de quelqu'un d'intelligent et cultivé. Qui s'est très bien adapté. Il sait très bien qu'à son retour, il ne trouvera pas les mêmes avantages qu'en France. Il veut le bonheur de sa famille mais il est coincé. Et quand il est au bout de son raisonnement, il plonge dans la dépression. Dans son dossier, quelqu'un a écrit qu'il y a de fortes chances que son retour en Algérie n'arrange pas son état, qui se serait manifesté à un moment ou un autre à la première grosse frustration. En tout cas, c'est un homme qui ne peut plus travailler. Il me semble dans une impasse complète.

Rachid vient chercher son somnifère et s'arrête, comme d'habitude, pour bavarder un peu.

- « Ça va ? Le film t'a plu ? »
- « Oui, » m'avoue-t-il. « Je ne suis pas sûr d'avoir tout compris mais c'est un bon film. » Toujours pareil avec lui, il ne se croit pas intelligent. Toujours à se dévaloriser, à faire celui qui n'a pas d'esprit. Mais en fait, il comprend tout et raisonne très bien.
- « Martine et Annie étaient contentes ? C'est bien que tu les aies accompagnées. »
- « Je n'ai que ça à faire ici. Je m'ennuie et en même temps l'extérieur m'angoisse. C'est-elle qui me l'ont proposé. Franchir le seuil de l'hôpital a été compliqué. Et puis être dans une file d'attente, ce n'est pas simple non plus... »

Et tu y es arrivé ! Comme un chef. Continue comme ça, tu pourras revenir chez toi.

- « Inch'Alla, mon ami. »

Je lui donne sa tablette et il se sert dedans. Il prend un air de conspirateur :

- « Tu peux venir avec moi, dans ma chambre ? J'ai quelque chose à te donner ? »

Bon, encore une nouveauté. Mais je ne suis pas inquiet. Il est très gentil. Je ne m'attends pas à un coup tordu. Je le suis, intrigué. Au passage, je vois que la porte de Pauline est fermée, elle est revenue des WC.

C'est la première fois que je touche vraiment ce qui fait le quotidien de Rachid. Sa piaule est impeccable. Rien ne dépasse. Sur une étagère au-dessus du bureau, je vois des livres bien alignés, ce qui est très rare dans une chambre de malade. Un, parait plus beau que les autres. Je lui désigne du doigt :

- « Je peux regarder celui-là ? »

- « C'est un Coran. Mon frère me l'a amené l'autre jour quand il est venu me voir. »
- « Tu es Musulman ? »
- « Je l'ai un peu oublié depuis 10 ans, depuis que je suis en France. Je ne pratique pas. Les prières et tout ça je ne les faisais pas en Algérie. Cela fait de la peine à mon frère. Il pense que cela peut m'aider. Je lui ai promis de le relire. »

Je feuillette le livre qui est tout en arabe. Le papier est doux. Il me rappelle la Bible qu'il y a chez mes parents. La couverture en cuir me caresse les doigts Je m'inquiète :

« -Tu n'as pas peur du vol si tu le laisses comme ça, sur l'étagère ? »

Cela déclenche son hilarité :

- « Ici ? Tu rigoles ? Personne ne sait ce que c'est ! Et puis ici, pas de voleur, sauf des fous, mon Ami… Pas de danger. »

Il me donne un petit paquet :

- « Tiens, prends ça ! Ce sont des dattes. Mon frère m'en a apporté plusieurs lots et j'ai pensé à toi. Tu as fini cette nuit ? Tu ne reviens pas ? Alors, cela te fera un petit souvenir, tu les mangeras chez toi en pensant à moi. C'est bon. Tu connais ? »

Je me rappelle en avoir mangé une fois mais je n'avais pas tellement apprécié. Trop sucré à mon goût. Mais je ne veux pas le fâcher. On ne refuse pas un cadeau :

- « Merci Rachid. Je les mangerai chez moi. Comme, en plus, elles viennent du pays, elles sont sûrement très bonnes. »
- « Oui, rien à voir avec ce qu'on trouve ici ! »

Il me fait un signe de tête :

- « Allez, je vais me coucher. A bientôt. Bonne chance pour toi... »

Je le salue à mon tour. J'emporte ma précieuse petite boite avec moi dans mon bureau. Il ne faudra pas que je l'oublie demain matin.

A mon retour, Martine et Annie m'attendent pour récupérer leur traitement. Après eux, tout le monde sera couché et je pourrai me reposer un peu. En fait, non, car je dois aller voir Pauline. Je préfère anticiper les problèmes. Or, le seul moyen c'est d'affronter les choses même si elles sont désagréables.

Je frappe à sa porte.

- « C'est moi, Pauline, je peux entrer ? »
- « Oui, je t'attendais. Sylvie m'a dit que tu viendrais ! »

Elle est assise sur son lit avec un déshabillé rose vaporeux qui ne cache rien de son anatomie pléthorique. Visiblement, elle n'a rien dessous. Je vois tout de ses seins et de son entrejambe. Un vrai remède à l'amour. Je remarque aussi qu'elle s'est maquillée. Son rouge à lèvre vif explose dans la petite chambre. Sylvie m'a fait un beau cadeau de départ ! Pourtant, je suis sûr que si elle prenait un peu soin d'elle, elle pourrait être assez jolie, mais avec les quantités de psychotropes qu'elle ingurgite chaque jour, il y a peu de chance qu'elle arrive à maigrir. Elle veut que je m'assoie à côté d'elle sur le lit mais je préfère prendre une chaise pour ne pas trop m'approcher d'elle.

- « C'est gentil de venir me voir... » Elle minaude, elle minaude, c'est épouvantable.

Allez, j'y vais franchement :

- « Je voulais te voir pour mon départ. C'est ma dernière nuit ; après je retourne à mes études... »

Son sourire se fige. Je sens qu'elle va pleurer. Je rajoute vite fait :

- « Mais je viendrai te rendre visite après, quand je pourrai... »

Son visage change et il devient plus dur, instantanément :

- « Tu dis ça mais je sais très bien que tu ne le feras pas... Personne ne vient me voir... »

Elle arrange sa chemise de nuit autour d'elle comme une corole de pétales de fleur :

- « Tu es comme les autres. Là, ton seul désir, c'est de filer d'ici et d'oublier tous les gens qui sont là et moi en particulier. Dans le fond, tu as raison. Qu'as-tu à faire d'une malade comme moi ? Je te dégoute. Je ne suis pas si folle. »

Elle n'a pas tort mais je ne m'avoue pas vaincu. Je profite de cette petite ouverture :

- « Non, tu n'es pas dérangée du tout. Mais cela m'intéresse de savoir ce que tu deviens. Je suis sûr que tu vas guérir. Un jour, même si ce n'est pas moi, tu rencontreras un garçon, et je suis sûr que tu pourras avoir une vie heureuse,bientôt. »

Son regard est toujours aussi furieux. Elle est en colère.

- « Pourquoi tous les hommes qui me plaisent s'en vont ? Il suffit que je pose mon regard sur eux pour qu'il se tirent tout de suite. Je sais que je ne suis pas un cadeau, mais j'ai le droit d'aimer, j'ai un cœur qui bat. J'ai droit au bonheur moi aussi. Tu sais, Stan, avec Marinette, tu es la seule personne qui me sourit ici ! »

Cela m'étonne un peu.

- « Je ne crois pas. Tu parles pour les pensionnaires mais au niveau du personnel, je pense qu'il doit y en avoir d'autres que moi. »

Elle m'interrompt :

- « Ce sont des sourires de façade ! Il n'y a rien derrière. Ou seulement de la pitié. Même Mme Bernard, je n'y crois pas. Elle fait semblant de s'intéresser à moi. De toute façon, son traitement, je ne le prends plus ! »

Elle se lève, passe devant moi, me montre la porte, l'extérieur :

- « Tout va aux chiottes ! Tu vas me dénoncer mais je m'en fous. »

Elle a l'air très contente d'elle ! Sans traitement cela va être rock n'roll. C'est pour ça qu'elle est à fleur de peau depuis quelques jours. Je trouvais que son comportement avait changé. Ceci explique cela. Il faut que je l'inscrive dans le cahier de relève. Que j'en parle à Jean demain matin. Pour l'instant, il faut que je trouve une solution pour la calmer :

- « Je ne crois pas. Tu es en train de te faire du mal toute seule. Pourquoi te punir ? Tu ne mérites pas ça. Tu n'es entourée ici que de gens qui veulent ton bien. »
- « Non, » dit-elle « que des menteurs ! Et toi le premier. De toute façon, personne ne peut me retenir ici et je vais demander à partir sur décharge. »

Je me lève aussi. Ainsi, comme elle est toute petite, je peux essayer de retrouver un peu d'autorité :

- « C'est ta maladie qui te joue des tours. Jamais tu ne pourras guérir si tu ne prends pas ton traitement. Que vas-tu faire dehors toute seule ? »

Elle se rassoit sur son lit. Je prends dans le nez une bonne bouffée de son parfum capiteux. Elle se cache le visage entre les mains et reprend ses pleurs. Bon, encore ses talents de tragédienne qui se manifestent.

Je me risque à lui donner un mouchoir en papier :

- « Ecoute, tu vas te recoucher et demain matin tu en parleras à la réunion de synthèse… »
- « Personne ne m'écoute, c'est toujours les mêmes qui disent des choses et quand on

me donne la parole, je ne sais pas quoi dire. Je suis trop conne. »

Je n'aime vraiment pas quand elle se dévalorise :

- « Mais non ! Tu es tout aussi intéressante que les autres. Je suis sûr que tu peux t'exprimer aussi bien qu'eux et les intéresser. Ces réunions existent pour cela. Fais un effort. Dis ce que tu as sur le cœur. Tu te sentiras mieux »

Je sais bien que le mal est plus profond mais…

- « Il n'y a qu'avec Marinette que j'arrive à discuter. »

Je m'engouffre dans la brèche ouverte :

- « Eh bien, à la réunion, demain matin, tu fais comme si tu ne voyais qu'elle. Quand on te donne la parole, tu la fixes, tu oublies les autres et tu lui parles. Comme si vous étiez seules. »

- « Tu crois ? »

- « Oui, essaie, tu n'as rien à perdre et tu vas voir, cela va bien se passer. Tu me promets d'essayer ? »

Elle se mouche de nouveau :

- « Ok, je vais essayer. Mais je ne suis pas sûre que cela marchera. » Elle semble avoir retrouvé un peu de volonté.

Elle sort une lettre rose de dessous son oreiller :

- « Tiens, c'est pour toi, tu la liras demain matin quand tu seras rentré chez toi. Comme ça, tu penseras à moi. »

Je la prends. Je me sens un peu bête. Je ne m'y attendais pas. Il y a juste « Stan » écrit sur l'enveloppe.

- « D'accord, je te le promets. Je ne l'ouvrirai qu'à la maison. Merci Pauline. Maintenant, recouche-toi. Oublie tout ça. A bientôt. »

Je referme la porte :

- « Au revoir »

- « Adieu » me dit-elle.

Je hoche de la tête et me retrouve de nouveau dans la nuit. Toutes les portes sont fermées. Je perçois le ronflement de Mr Crépon au passage. Quelle forge celui-là ! Au test acoustique, il doit être champion du monde !

Minuit.

Bon. Tout le monde est couché. Tous les incendies possibles sont sous contrôle. Mais Pauline me préoccupe. Cette histoire d'absence de traitement depuis plusieurs jours. Je mettrai un mot sur le cahier de relève pour Jean, demain matin. L'info est fondamentale.

Et puis son « Adieu » ? Je souhaite qu'il n'arrive rien. Je repasserai la voir régulièrement. Elle est capable de tout. Surtout avec cet état d'esprit. Je ne l'ai jamais vue aussi hargneuse. J'espère avoir pu la calmer un peu. Je vois sa lettre sur le bureau. J'ai la tentation de l'ouvrir tout de suite malgré ma promesse. Mais non, je verrai ça plus tard. Je dois respecter ma parole même si je ne la respecte pas toujours. Notre métier est bizarre. Je ne sais pas comment expliquer cela :

Nous devons la vérité aux patients mais nous passons notre temps à l'arranger. Et sous prétexte de les rassurer, nous ne faisons pas toujours ce que nous disons. On arrange toujours un peu la réalité. Sans doute pour se protéger aussi. Quand je dis cela à mes collègues, ils poussent des cris d'orfraie et jurent que cela ne leur arrive jamais. Mais, à les observer, je me rends compte, à quelques exceptions près, qu'ils ne font pas plus les fiers-à-bras.

Par exemple, en France, contrairement aux pays anglo-saxons, nous avons du mal à dire à quelqu'un qu'il va mourir et dans combien de temps. Je suis encore choqué, troublé quand je vois dans les films américains un médecin qui annonce sa fin prochaine à un patient. Je suis très mal à l'aise. Tout cela parce que nous avons plutôt un discours fondé sur l'espoir même si nous savons au fond de nous qu'il n'y en a plus.

Il ne s'agit pas d'un enseignement conscient de la faculté de Médecine : mais, au fil des années, nous comprenons que la guérison est un dogme inaltérable. La mort d'un patient est quelque part un échec, alors qu'on n'y peut rien.

On ne nous apprend pas vraiment l'humilité. Nous n'avons pas, au cours de nos études, d'enseignement là-dessus. Et c'est dommage. On dirait que la psychologie, les sciences humaines se sont arrêtées aux portes de la Faculté. La mort est un sujet tabou. On ne l'évoque pas, on n'en parle pas. Comme si nos maîtres pensaient que nous devons faire ce chemin par nous-mêmes. A nos âges, c'est loin d'être le cas. La difficulté de notre attitude provient aussi d'une constatation parfois étonnante : Quelque fois les gens condamnés guérissent.

Enfin, le médecin ne veut pas être le bourreau. Celui par qui arrive la mort. A partir du moment où sur ce sujet fondamental, on ne dit pas toute la vérité aux gens, sans doute pour leur épargner une souffrance que nous n'imaginons pas pouvoir supporter nous-mêmes, tout notre discours est compliqué.

Plusieurs fois dans ma jeune vie d'apprenti-médecin, j'ai vu mourir des gens. Ce n'est pas agréable mais je me suis fabriqué ma petite philosophie personnelle :

Je considère que c'est aussi un état de la vie. Il n'y a rien de religieux là-dedans. Seulement un pragmatisme constitué au cours des années.

En première année de Médecine, nous avons des Travaux Pratiques de Dissection. Avec le recul, je me dis qu'il s'agit sans doute de nous tester. En effet, n'ayant aucune notion d'anatomie, l'intérêt de cet enseignement laisse à désirer. Notre motivation ou notre indifférence est plutôt à éprouver. D'ailleurs, ces TP ne sont pas obligatoires. Les « patients » ont donné leurs corps à la science. Ils se retrouvent devant nous à l'état de cadavre. Un Professeur nous montre des organes, à nous, jeunes ignorants incommodés par l'odeur désagréable du formol. L'idée de personne, d'individu disparait complètement. Elle est niée.

J'aurais bien aimé qu'après ces séances (que j'ai abandonnées au bout de la deuxième pour de fausses raisons bien sûr : heures tardives etc…) nous allions en discuter avec un professionnel, un psychiatre, je ne sais pas. Néanmoins, cela m'a permis de voir que je n'étais pas trop épouvanté ou trop mal à l'aise dans une situation pareille. Et que je pouvais faire ce métier-là.

Dans quelques minutes, Vicky et sa bande vont débarquer, je profite de mes derniers moments de paix pour ranger les fauteuils qui trainent dehors dans le jardin. Essayer d'apercevoir Monsieur Zonzon. Rien. Je remets en place les chaises qui sont de guingois. Oui, ça fait un peu obsessionnel mais j'aime bien que mon petit monde soit en place. On ne se refait pas.

J'entends des rires qui passent les deux portes battantes du service. Je me précipite vers eux en posant mon index devant la bouche. Vicky me voit et me répond de la même façon. Elles portent un panier assez volumineux d'où dépassent des bouteilles. J'espère qu'elles n'ont pas décidé de boire en plus ! Ce n'est pas pro. Heureusement au passage je vois qu'il s'agit seulement d'eau gazeuse. L'honneur est sauf.

- « Salut, Stan » dit Vicky en m'embrassant sur les deux joues. « Cela se passe comment, pas de soucis ? »
- « Oui, ça va, ils sont tous couchés. Vous avez amené quoi ? »
- « Des quiches et du gâteau » m'apprend Marianne en posant le panier sur la table du bureau.

Je vais chercher des chaises. Je pousse un peu la porte du bureau pour atténuer le bruit. Si un patient appelle, j'ai une petite lumière qui s'allume avec un numéro sur un panneau mural. Mais là, pour l'instant, tout va bien.

- « Tu connais Blandine ? » me demande Vicky en montrant sa collègue qui reste un peu à l'écart.
- « On s'est déjà rencontrés. Elle est en dernière année comme vous ? » Je la regarde vraiment comme si c'était la première fois.

C'est vrai qu'avec ses cheveux blonds tirés en arrière, sa queue de cheval qui dépasse de son bonnet, elle fait très sérieuse.

- « Dans un mois, » dit Marianne. « Nous passons le diplôme. Après on a déjà nos affectations... »

- « Et tu vas où Blandine ? » dis-je pour la mettre un peu à l'aise

Elle me répond :

- « En gériatrie, au quatrième mais je ne sais pas si je vais rester longtemps. Je voudrais bouger un peu plus. Enfin, pour commencer, cela payera les factures. »

On s'assoit autour de la table. Les quiches sont coupées. Je sers de l'eau gazeuse dans les verres :

- « Champagne pour tout le monde ! » Je me trouve très drôle. « C'est toi Marianne qui a fait tout ça ? »

- « Ah, ah, » rit-elle « C'est plutôt une œuvre collective, on savait que tu arrêtais les gardes cette nuit ; alors on a décidé de fêter ça ! »

Vicky se lève avec son verre :

- « J'ai une grande nouvelle à vous annoncer ! »

On la regarde tous la bouche pleine.

- « Je me marie dans un mois ! »
- « Méfie-toi Stan, c'est avec toi » dit Marianne en me poussant du coude.

Vicky la fusille du regard :

- « Non, c'est vrai, je pars la semaine prochaine en Espagne pour me marier avec mon fiancé »

S’en suit un silence stupéfait. J’ignorais qu’elle avait un fiancé.

- « Attends, c’est sérieux cette histoire ? »

Elle me regarde avec exubérance :

- « Ben oui ! Antonio, je le connais depuis l’enfance. Nos familles se sont entendues mais je ne voulais pas en parler avant d’avoir fini mes études, c’était la condition. Il m’aime depuis toujours et moi aussi. Et puis les français… »

Cela sent le mariage arrangé avec une pression familiale importante. J’ignorais que cela existait encore. Je sais qu’un peu partout dans le monde, cela se déroule comme ça, en Inde, au Pakistan mais en Espagne ? Connaissant Vicky et sa famille, je ne la vois pas s’opposer à son père qui m’a toujours paru comme un personnage imposant et autoritaire.

- « Tu es sûre de toi ? » En même temps, je me dis : de quoi je me mêle ? Elle a l’air heureuse, contente, bien dans sa peau. Mais, bon, c'est un peu violent comme nouvelle.

- « Bien sûr ! » elle est un peu rouge et comme elle a trop chaud, elle a dégrafé le haut de sa tenue. J'ai une vue plongeante sur sa poitrine imposante. « Nous allons venir en France nous installer. Antonio trouvera facilement du travail avec son frère qui est entrepreneur. »

- « Et cela fait quoi de savoir, comme ça, que ta vie est toute tracée ? » lui demande Blandine.

- « Cela calme les angoisses. J'ai un métier que je ne vais pas abandonner. C'est pour ça que j'ai demandé à finir ma formation. Je ne dépends pas entièrement de mon époux. Nous sommes à égalité et cela c'est fondamental. »

Je suis rassuré. Je reconnais, là, ma Vicky, celle que je fréquente depuis des années. Elle a une détermination sans faille. Une grande confiance en elle. Cet Antonio va devoir marcher droit avec elle. Et si il est gentil, tout ira bien.

Alors, je lève encore plus haut mon verre :

- « Félicitations à toi Vicky ! Que tu profites de tout le bonheur du monde ! » et je me tourne vers Marianne :
- « Et toi ? Tu vas te marier aussi dans les prochains jours ? »
- « Moi ? Non, je ne crois pas ; à moins que le mariage entre filles soit autorisé en France ! Cela m'étonnerait, on ne verra pas ça avant l'an 2000 ! »

Boum ! Encore un coup sur la tête ! C'est la soirée des révélations. Quelle nuit !

Quelquefois, dans la chaleur des fiestas, je me suis posé la question de ses préférences en la voyant danser avec d'autres filles mais là encore je tombe des nues ! C'est bien moi ça, jamais au courant de rien, toujours découvrant quelque chose que tout le monde sait déjà depuis longtemps. Et puis, elle est sortie avec Jean-Robert, le plus macho de l'amphi. Le couple a dû faire des étincelles. C'est vrai que cela n'a pas duré. J'espère que Blandine ne va pas nous dire, tout à coup, qu'elle est une Trans ! Parce que la fête serait complète.

Je coupe le gâteau pendant que les filles se bidonnent.

Le téléphone sonne. Cela doit être Geneviève qui s'impatiente et veut retrouver sa petite troupe.

Non, c'est Manu :

- « Dis donc Stan, il y a une vieille dame à l'accueil qui s'est perdue, elle a été ramenée par des touristes qui sortaient d'une boite de nuit. Elle dit qu'elle est hospitalisée ici ! »

M… cela doit être Madame Kaspernac ! Elle n'a pas retrouvé son chemin :

- « Elle est habillée tout en noir avec un petit chapeau à fleur ? »
- « Oui, c'est ça. C'est quelqu'un de chez toi ? »

Quelle andouille, je ne me suis même pas rendu compte qu'elle n'était pas dans sa chambre !

- « Oui, je t'envoie quelqu'un pour la récupérer. »

Blandine se propose d'aller la chercher. Très bien. Et quelques minutes après, elles reviennent toutes les deux, comme deux vieilles amies qui viennent de se retrouver :

- « Bon, » dis-je avec un air sévère. « Madame Kaspernac, je vous donne vos gouttes et après je vous ramène à votre chambre… »

Elle regarde notre nombreuse assemblée :

- « Eh bien, on ne s'ennuie pas ici !!! Toute cette jeunesse ! Tout ça pour vous ? Vous fêtez quoi ? »
- « C'est juste notre pause. » dit Vicky. « La nuit est longue. »
- « C'est bien mérité. Moi aussi, j'ai fait des nuits à l'usine. Je connais. Comme ça, je pouvais m'occuper de mes petits la journée. Je ne connais pas les femmes de ménage, les baby Sitter et toutes ces bêtises. Je n'ai jamais eu besoin de beaucoup de sommeil. Maintenant, je suis vieille et... »

Parce que je ne veux pas qu'elle se lance dans une grande histoire comme à son habitude, je lui donne son verre qui contient maintenant un liquide jaunâtre pas très appétissant :

- « Tenez, buvez et je vous raccompagne »

Elle grimace en absorbant le tout et nous voilà repartis tous les deux dans le couloir. Elle n'est pas méchante mais parfois distraite. Plusieurs fois la police nous l'a ramenée car elle s'était égarée au bord du fleuve. Une mise en danger préoccupante. Sans doute une limite de notre prise en charge. Je m'assure qu'elle va bien se coucher, l'aide à se déshabiller et revient ensuite dans le bureau.

A mon arrivée, les filles ont fait place nette. Tout est rangé. On est un peu triste mais le travail n'attend pas. On s'embrasse et tout le monde retourne à ses occupations.

Une Heure.

Après toute cette agitation, je suis content de retrouver un peu de sérénité. Assis sur un fauteuil dans le jardin, j'écoute la nuit. Les bruits du vent dans les arbres, parfois un bruissement d'aile d'un oiseau égaré, le son lointain derrière les hauts murs d'une voiture qui passe dans la rue. Je récupère une chaise pour pouvoir étendre mes jambes et profiter de cet instant de détente. Je repense à Vicky et ce qu'elle vient de nous apprendre. Le poids des traditions qui lui ont balisé une trajectoire de vie prévisible. Cette fatalité qui l'oblige à suivre son histoire familiale. Je pense qu'elle mérite mieux. Mais tout cela est tellement enraciné dans des principes séculaires que je sens bien que, même si je le voulais, je ne pourrais pas faire en sorte de changer quelque chose. Certaines filles n'ont pas voix au chapitre et doivent obéir à la volonté de leurs parents.

Je retourne à mon bureau. A la porte, elle est là.

- « Qu'est-ce que tu fous ? Tu as oublié quelque chose ? »

- « Non » dit-elle « je voulais te voir. Seul. Avec les filles, ce n'était pas possible… »

Ouh là ! Je me demande bien ce qu'elle me veut. Décidément, cette garde est pleine de surprises. C'est une bonne copine mais c'est tout. Elle est rigolote mais jamais de ma vie je n'ai imaginé qu'il pourrait y avoir quelque chose entre nous.

J'essaie de me rappeler si dans mon attitude cette nuit, une ambiguïté quelconque a pu survenir. Ce serait dommage. J'ai déjà vécu plusieurs fois cette situation : la fille moche (ce qui n'est pas le cas de Vicky car avec ses formes, elle est très jolie) qui te déclare son amour au coin du bois, qu'il faut ménager parce que cela ne doit pas être la première fois. Ce genre d'acrobatie, je connais. Quand tu dis non, tu as vraiment l'impression d'être un salaud car tu fais du mal. Je le sais d'autant plus que moi-même dans l'autre sens, je me suis pris tellement de claques comme ça, avec des filles après lesquelles je soupirais d'amour depuis des mois. Je connais l'échafaudage mental que cela peut-être et la douleur qui va avec quand il s'effondre.

Je la fais entrer dans la petite pièce. Je m'attends à tout. Je reste sur mes gardes. Une pensée me traverse l'esprit : je me demande si je serais aussi anxieux si c'était Blandine qui était à sa place et qui vienne me faire des avances. Je regarde son visage qui rougit un peu :

- « Voilà, » se lance-t-elle. « Comme je vous l'ai dit à Marianne, Blandine et toi, je vais me marier cet été et c'est la dernière fois qu'on se voit puisque, comme tu nous l'as expliqué toi aussi, tu vas après sans doute partir dans un hôpital loin d'ici puis au service militaire. On se connait depuis quelques années, j'ai bien compris que je n'étais pas ton type de femme, je le regrette parce qu'au début j'étais amoureuse de toi, mais toi… » elle laissa passer une respiration « enfin bon, c'est la vie, je l'accepte mais je voulais te faire un petit cadeau »

Ouf ! Ce n'est que ça. ! J'ai eu peur.

- « Fermes les yeux. Je vais te guider… »

- « Attends, je ne sais pas si c'est prudent, Sœur Bernadette va arriver et il ne faudrait pas qu'elle nous trouve comme ça à jouer je ne sais quels jeux... »

- « Ce n'est pas son heure ! » elle rit « aucun risque qu'elle vienne maintenant, elle est dans les étages bien au-dessus et de toute façon, je vais bloquer la porte. Ferme les yeux, je m'occupe de tout »

Qu'a-t-elle pu inventer ? On en a fait souvent des bringues ensemble au bal annuel des infirmières. Les Tonus, comme on dit. C'est la première fois qu'elle fait tant de mystère. J'entends la porte qui se ferme. Je m'attends à tout. Si elle a préparé quelque chose je n'ai rien vu venir.

- « Assieds-toi là sur le lit. Garde bien les yeux fermés. »

J'entends des bruits de linge froissé devant moi. Qu'est-ce qu'elle fabrique ?

- « Ta Dam !!! Voilà ! tu peux ouvrir les yeux ! »

Je les ouvre et là, cata, voilà qu'elle a enlevé tout le haut de son uniforme et qu'elle se présente seins à l'air devant moi ! Ce n'est pas la première fois que je les vois. Ses seins. L'été dernier, nous étions allés tous en bande au bord du fleuve et comme on n'avait pas de maillot, on s'était tous baignés nus en ne gardant que le bas. Excellent pour savoir qui porte slip ou caleçon. Les filles elles, dont Vicky, avaient enlevé leurs soutifs. Bon, on en voyait plein, des poitrines dans le cadre de notre métier et puis aussi sur les plages, à Cannes ou au Grau du Roi. Ce n'est pas un problème. Mais là, tout seul avec elle, la nuit, dans une pièce fermée, c'est autre chose. Pour être honnête, je dois avouer que je suis vraiment obsédé par les seins. Mon regard est toujours aimanté quand je peux en voir. Même un petit bout de peau nue qu'on aperçoit quand une fille se penche en avant ou quand elle soulève un bras avec un maillot trop lâche. L'absence de soutien-gorge et des seins libres sous des vêtements défaits me fascinent.
Ils sont beaux les siens avec une aréole un peu large. Sa peau mate souligne encore plus leur galbe audacieux.

- « Heu... Attends, Vicky, ce n'est pas ce que tu crois, je t'aime bien, tu sais, mais... »

Pas démontée, elle les soulève avec les mains et continue :

- « Ils sont beaux n'est-ce pas ? j'ai bien vu que tu les regardes chaque fois que je suis près de toi. Tu ne peux pas t'en empêcher. Je sais qu'ils te plaisent. Mais ce n'est pas mon seul cadeau. Ne bouge pas, détends-toi »

Cela va être difficile, car avec ce spectacle, je suis plutôt mal à l'aise.

- « Ferme les yeux de nouveau ! Ne bouge pas ! »

Je m'exécute mais je ne suis pas tranquille. Qu'a-t'elle pu inventer encore ?

Je sens qu'elle s'approche de moi ; je n'ai pas entendu le bruit de ses vêtements qu'on remet en place. Elle prend très doucement ma tête entre ses deux mains. Tout à coup je sens son souffle près de mon visage. Au moment où j'ouvre les yeux, ses lèvres effleurent les miennes et elle me donne un baiser très doux. Je sens sa langue qui cherche la mienne. Je suis tétanisé et je voudrais retirer ma tête mais elle n'en a cure. Finalement, ce n'est pas désagréable et je me laisse un peu aller. Par réflexe, une de mes mains se pose sur un de ses seins encore nu. A ce moment-là, elle s'arrête, m'abandonne un instant et me regarde comme une mère qui gronde son enfant :

- « Non, enlève ta main ! On regarde mais on ne caresse pas ! Je dois me marier cet été et j'ai promis à mon cher et tendre que personne ne me toucherait avant le mariage. Je ne vais pas tout gâcher ce soir ? »

Un peu penaud, je laisse retomber ma main et de toute façon, elle a retiré sa langue à mon grand soulagement. Fin de l'intermède.

Elle me regarde, pensive :

- « Tu vois » me dit-elle, « J'en avais vraiment envie depuis longtemps. Je sais que dans quelques mois, je serai devenue une femme respectable qui doit veiller au bonheur de son époux. Ne pas avoir d'aventure extra conjugale, car, sinon, à quoi bon ? J'aime Antonio et je ne veux pas le tromper... »

J'ai du mal à comprendre les femmes. Après cette séance, je refuse d'essayer de saisir les motivations de Vicky. Si elle l'a fait, c'est qu'elle voulait sans doute passer une étape ou se prouver quelque chose. Enfin, je n'en sais rien. Vous allez me dire que la morale de Vicky est très élastique. Elle distingue les actions faites avant et après le mariage et s'en accommode très bien dans le sens qui l'arrange. Je commence à me prendre à regretter de ne pas avoir eu une histoire avec elle. Parfois, on cherche loin quelque chose qui est à portée de main. Quelqu'un qui pourrait vous donner du bonheur mais que vous ignorez pour telle ou telle raison.

Mais bien vite, je reprends ma lucidité : Je ne suis pas attiré par elle. Je ne m'attendais pas à ça mais maintenant je me demande comment me sortir de là.

C'est elle qui me libère en se rhabillant :

- « Ne t'inquiète pas. Je voulais juste t'offrir un cadeau pour ton départ. J'avoue que j'en ai bien profité. Mais je ne regrette pas toutes ces années que l'on a passées ensemble. On s'est bien marrés. Je vais débuter une nouvelle vie et toi aussi. J'espère qu'elle sera belle et que tu trouveras enfin ton âme sœur. Tu le mérites. »

Elle s'approche de moi et m'embrasse doucement sur les deux joues. Je voudrais lui dire d'autres choses mais rien ne vient. Je la vois disparaître dans la nuit par la porte qu'elle a débloquée. Reste juste son odeur qui flotte dans l'air.

C'est là que la solitude du veilleur me tombe dessus comme une masse. Il me faut quelques minutes pour reprendre mes esprits. Je regarde dans le couloir pour voir si pendant cette parenthèse, il n'y a pas eu de catastrophe. Non, rien. Juste la lumière blafarde des veilleuses qui se déverse dans l'obscurité. Et la lueur du néon sous la porte de la cuisine.

Doucement la porte du bureau s'ouvre. C'est Jean - Yves. Il ne dort pas. Je me demande bien ce qu'il vient faire là. Ce ne sont pas ses habitudes. Il s'avance vers moi :

- « Tu n'as pas une boisson chaude ? Je n'arrive pas à dormir. »

Je m'étais assis, encore un peu rêveur, pour regarder quelques papiers. Je repousse ma chaise.

- « Viens, » lui dis-je « on va à la cuisine, je vais t'en préparer une. »

Il me suit docilement dans le couloir. Il porte un pyjama bleu un peu trop grand et ses mules trainent par terre. A côté de lui, avec mes cheveux en bataille, tout débraillé, je ressemble à un agité de Charenton. Je ne suis pas étonné qu'il soit assommé par les tranquillisants comme les autres.

- « Tu sais, je t'envie un peu… »

- « Ah bon ? » je fais chauffer de l'eau sur le gaz puis je sors la boite qui contient les infusions. « Et pourquoi ? »

- « Toi, tu vas te casser de cette turne demain et moi, je suis encore là quelques temps… ». Il y a comme une pointe de jalousie dans sa voix.

Je pose une tasse devant lui :

- « Il te reste combien de temps, normalement ? »

Il réfléchit :

- « Je ne sais pas, tout dépend de Mme Bernard... » Il tremble un peu. « En fait, je crois que je peux partir quand je veux mais cela m'angoisse... »

Comme je sens qu'il veut un peu parler, je me lance :

- « Et tu es là pourquoi ? »

Il parait surpris :

- « Tu n'as pas lu mon dossier ? Tout est dedans pourtant... »

- « Non, je ne préfère pas. Je ne veux pas être influencé. ».

Tous ses gestes sont lents. De temps en temps sa bouche fait des mouvements incontrôlés. Sans doute les neuroleptiques. Il prend, avec hésitation, deux sucres qu'il plonge dans le liquide où surnage un sachet de verveine que je viens de poser devant lui :

- « Le jeu... Je suis interdit de Casino et du reste... Je me suis ruiné, j'ai des dettes, j'ai détruit tout mon entourage avec ça... »

Je me tais. J'imagine qu'il va dérouler tout le fil, là, dans cette pièce au cœur de la nuit.

- « Je suis chez Mme Bernard pour me soigner. Je n'ai pas le choix. Si je ne fais rien, c'est la prison qui m'attend. J'ai pris 2 ans avec sursis, mais obligation de soins car j'ai piqué dans la caisse à mon travail...Je dois tout rembourser. Je suis interdit à la Banque de France. Ne pouvant plus supporter cette situation dont je suis le seul responsable, j'ai fait une TS et je me suis retrouvé là. »

« -Et comment tu te sens ? »

Il hausse les épaules :

« -Parfois bien, parfois comme une m.... Je n'arrive pas à comprendre. C'est comme un engrenage. Une suite de mauvais choix. Au début tu te dis que tu peux te refaire. Que la chance va revenir. Mais tu t'enfonces de plus en plus. C'est comme une drogue qui détruit. J'avais tout pourtant. Puis la spirale du malheur. Maintenant, je n'ai plus de travail, plus de logement, ma femme est partie avec les gosses et ma famille... »

Au vu de ses tremblements qui se sont accentués, je crains qu'il fasse une crise, que cette conversation nocturne se transforme en galère :

« -C'est bien que tu sois là. Même si c'est dur, on ne mérite pas de mourir pour ça... » Ce n'est pas glorieux, mais c'est tout ce que j'ai trouvé sur le moment. « Tu vas voir, les choses vont s'arranger, tiens bon. Tant que cela ne va pas, tu peux rester là. Tu sais où aller après ? »

« -Il y a une assos qui m'a proposé de l'aide à ma sortie, de trouver un logement et de voir pour un travail. Mais j'hésite. Et en même temps je me dis que je n'ai que ça comme perspective immédiate. »

« -Ecoute » dis-je « Tu vas t'en sortir. Quand tu seras prêt, tu pourras recommencer à vivre sans crainte. Rien n'est définitif. Un jour, les dettes seront remboursées. Si tu connais des gens qui veulent t'aider, profites-en. Fais leur confiance. Tu n'es plus tout seul. Jamais Mme Bernard ne te laissera sortir sans rien. »

Je me rends compte que peu à peu il émerge de sa tête où il s'était enfermé un instant. Ses yeux qui s'étaient dilués dans une contrée lointaine me paraissent tout à coup plus expressifs. Il tremble moins.

« -Tu penses ? »

Bonne question. Je veux le croire, lui faire partager mes certitudes. Je suis content qu'il m'ait parlé. Ma psychothérapie, si on peut appeler ça comme ça, n'est peut-être pas la plus judicieuse. Elle doit plus au bon sens qu'a une stratégie thérapeutique bien codifiée, j'en suis conscient. Je me dis que parfois, je suis toujours un peu limite. Que j'outrepasse ma fonction mais au milieu de cette pause nocturne, je me dois d'être rassurant. C'est le minimum. Je veux qu'il retourne se coucher un peu plus calme.

Il boit le liquide chaud à petites gorgées. Il est de nouveau perdu dans ses pensées. Je garde le silence. Quand il a fini, il se lève lentement. Je le raccompagne jusqu'à sa chambre.

« Bonne fin de nuit » me dit-il en refermant sa porte.

Deux Heures.

De nouveau, la paix.

C'est l'heure de mon premier tour. Je le renouvelle vers 5 heures avant que les femmes de service ne débarquent avec leur matériel de nettoyage et le bruit qui va avec. Par habitude, je vérifie qu'il n'y a personne dans le jardin et je regarde si toutes les portes sont fermées. A priori tout le monde est dans sa chambre. Ils dorment. En général le lit est en face de la porte, à côté de la fenêtre, et je n'ai pas besoin de me servir de ma lampe électrique pour distinguer les formes allongées sur leurs couches. La lumière de la veilleuse du couloir me suffit. J'ai coutume de jeter un regard circulaire et d'écouter la respiration régulière de mes pensionnaires. Parfois la chambre est vide et son occupant n'est pas loin : Aux toilettes la plupart du temps.

Ma ronde débute bien mais arrivé vers la chambre de Pauline, je remarque qu'il y a quelque chose de bizarre : La porte est juste poussée de l'intérieur, il règne une odeur caractéristique que je reconnais. J'identifie ce parfum un peu âcre depuis un travail d'été dans un bloc opératoire de Chirurgie orthopédique où œuvrait un chirurgien que l'on appelait « Le Boucher ». A chaque prothèse de hanche qu'il posait des flots de sang gouttaient sous la table d'opération. Nous mettions des draps pour éponger. Une fois cela n'a pas suffi et le liquide rouge est passé sous la porte de la salle : Tout le monde a pataugé dans cette mélasse toute une matinée. Avec mes collègues, on a cru devenir fous à ramasser et nettoyer tout cela. Ce type, intouchable, car mandarin de la faculté, se croyait le meilleur chirurgien orthopédiste de la ville. Il m'avait marqué.

Lorsque je m'étais trouvé en stage d'externe dans son service, j'avais eu la surprise de constater, en aidant ses chefs de clinique, qu'il était possible d'opérer sans dévaster tout le bloc. Je me rappelle avec effroi, ce ballet des infirmiers anesthésistes qui courraient chercher des culots de préparation sanguine chaque fois qu'il intervenait. Je frémis à l'idée du nombre d'hépatites post-transfusionnelles provoqué par ce sale type. Et toutes les semaines le cirque recommençait !

Mais là, pas de « Boucher » dans les environs et en un instant je sais que je vais être confronté à un

gros problème. Avec ma lampe, je repère le sang qui sort sur le côté du lit.Il fait une grosse flaque en dessous. Je cours chercher dans la réserve des draps dont je me sers comme protection pour m'avancer vers elle. Sinon mes sabots vont être ruinés. M..., la conne, elle n'a pas fait ça ??? Je braque ma lampe vers son visage exsangue. Je pose ma main sur son cou et je sens un pouls très faible au niveau de sa carotide. Je soulève le drap de lit tout poisseux et je vois que cela coule de son poignet droit.
Elle s'est tailladée les veines ! Sa grosse poitrine se soulève à peine. La bouche est semi-ouverte. Un vrai film d'épouvante. Je prends ce que je trouve sur place, une ceinture de robe de chambre, pour bricoler un garrot de fortune. Je n'ai rien pour noter l'heure de la pose mais je l'enregistre dans ma tête pour transmettre l'info quand la cavalerie sera là. Je lui remonte les jambes et je fonce téléphoner à Geneviève pour l'avertir de la situation.

- « Allo, C'est Stan, j'ai une de mes pensionnaires qui a fait une TS : Phlébotomie, il y a du sang partout ! »

- « J'appelle la garde, je t'envoie du monde tout de suite. Elle est vivante ? »

- « Oui, elle encore un pouls… C'est Bonnard qui est de garde… »

Le temps de retourner vers elle, je vois Blandine qui arrive toute essoufflée.

- « C'est là-bas au 14. Fais gaffe, ça colle par terre ! »

Elle me répond par un rictus alors que je l'accompagne vers la gisante. Elle fait les mêmes constatations que moi. Elle me dit de rester près d'elle pendant qu'elle va préparer une perf… Alors que je suis à côté du lit, je regarde vers la porte et je vois le visage de Marinette, inquiet, qui surgit.

- « Qu'est-ce qu'il se passe ? » me demande-t-elle.

- « Rien, retourne dans ta chambre, j'ai appelé les secours, ne reste pas là, tu vas gêner le passage »

- « C'est Pauline, la pauvre, elle est malheureuse cette fille ! »

Elle essaie de rentrer dans la chambre mais je la raccompagne dans le couloir :

- « File d'ici !Ça va aller. Si tu veux je viendrai te voir après quand ils l'auront évacuée. Pour en discuter. »

Je lui caresse l'épaule, un réflexe idiot. Une fois qu'elle a refermé sa porte, je retourne fissa vers Pauline. Je ne reste pas longtemps seul car Blandine débarque avec son matériel : pied à sérum, poche de glucosé et kit de perfusion. Je l'aide comme je peux et admire sa dextérité pour trouver une veine sur l'autre bras malgré la tension artérielle basse. Pauline, elle, bien dans le coltar, ne réagit pas.

Au moment où nous finissons de tout installer, Bonnard arrive avec Geneviève. En quelques mots, Je lui explique la situation. Il constate que nous avons fait l'essentiel. Il vérifie la profondeur de la blessure sur le poignet et prend le temps de rajuster le pansement improvisé que nous avons installé. Il défait mon garrot sommaire ; il le remplace par un élastique chirurgical plus propre.

- « Il faut que j'appelle le bloc pour réparer cela. Geneviève peux-tu t'assurer qu'il y a encore un lit en Réa ? » dit-il, puis en me regardant :
- « Dis donc, je t'ai déjà vu, toi ? »

- « Oui, j'ai fait plusieurs remplas en été, la nuit, ces deux dernières années… »

- « Toujours dans les bons coups, celui-là » dit Geneviève en partant vers le bureau pour téléphoner.

Il me rassure :

- « C'est plus spectaculaire que grave mais heureusement que tu es passé à temps sinon tu l'aurais retrouvée froide demain matin ! »

Il se tourne vers Blandine :

- « Petite, appelle le brancardier des urgences pour qu'il vienne tout de suite. Vu le boulot qu'il y avait ce soir, il devrait être frais comme un gardon »

J'installe des protections pour éponger le trop plein d'hémoglobine. Pendant ce temps, Bonnard réécoute le cœur avec son stétho et vérifie les pupilles. Je mémorise ses gestes précis, en me disant que plus tard, je serai sans doute amené à intervenir comme lui, en urgence, dans ma vie professionnelle. Autant savoir comment procéder avec ordre et méthode.

- « Tu fais quoi d'habitude ? » dit-il « Tu remplaces ici mais sinon ... ? »

Je sursaute en comprenant qu'il m'interroge, je me demande bien ce qu'il peut imaginer :

- « Je termine l'externat. Actuellement, je suis en Pédiatrie mais l'été je me fais un peu d'argent en travaillant ici ! »

Il parait surpris :

- « Ah? pourquoi tu n'as pas un poste d'infirmier ? Tu dois avoir l'équivalence normalement ? »

- « Oui, mais pour la même paie, je suis plus tranquille ici... »

Il rigole :

- « Tu as raison, c'est plus calme ici !... Chapeau, bien vu ! C'est quoi, ton prénom ? »

- « Stan. »

- « Stan, bienvenu chez les fêlés !!! » dit-il au moment où arrive le brancardier.

A nous trois, on installe, comme on peut, Pauline sur le brancard, car elle est très lourde. Elle commence à geindre. Elle se réveille en douceur. La perf sans doute.

- « Ne vous inquiétez pas, Pauline, on va vous soigner... » tente de la rassurer Bonnard en se penchant sur elle. Il demande au brancardier de la sangler car, en s'agitant, elle risque de tomber.

A ce moment arrivent Geneviève et Blandine :

- « Les urgences sont prévenues. » dit Geneviève. « Ils vous attendent. J'espère que vous n'aurez pas de mal »

- « Bah, c'est juste de la couture. Enfin j'espère, » dit Bonnard « Si elle ne s'est pas coupée un tendon… Parce que, sinon, il faudra que j'appelle l'orthopédiste de garde et là, pour le faire venir, cela va être coton. Ça m'étonnerait qu'il veuille sortir de son lit, à cette heure… »

Il regarde Pauline un moment :

- « Il risque alors de me dire de la mettre dans un lit et il fera ça demain dans la journée. La pauvre fille risque d'avoir de sacrées cicatrices. »

On le regarde partir avec son aéropage par la grande double porte battante. Je me retrouve bientôt avec les deux filles dans le bureau. Le parfum de Vicky flotte encore dans les lieux. Je sens un peu d'embarras rien qu'au souvenir des instants passés avec elle. Elles notent ce qu'elles ont fait chacune à leur tour dans le dossier infirmier et moi, je consigne les événements de la nuit sur la relève pour l'équipe du matin.

Une fois terminé, Geneviève donne ses consignes :

- « Bon, je remonte voir Vicky et Marianne. S'il n'y a rien eu en mon absence. Je te laisse Blandine pour t'aider à ranger. Quand elle aura fini, elle remonte. OK ? » Pas de soucis. Cela sera fait Madame !

Après son départ, on s'effondre tous les deux sur une chaise.

- « Ouf ! » me dit la jolie blonde. « C'était chaud ! »

Je pose mes pieds sur la table, je remarque que la semelle de mes sabots est toute rouge :

- « J'ai bien cru qu'elle y passait. Heureusement que tout s'est bien goupillé et que tu as trouvé une veine ! »

Elle a une petite moue :

- « J'ai bien bataillé pour la perfuser, j'ai bien cru ne pas y arriver… »

- « Pourtant, je n'ai pas eu cette impression » dis-je étonné « tu as réussi du premier coup. »

- « J'ai eu de la chance car je n'en menais pas large. Tu n'as pas quelque chose à boire ? »

Je me redresse :

- « Tu veux de l'alcool ? »

Elle rit et je me sens un peu bête :

- « Non, juste de l'eau, t'es fou toi ? Encore l'influence de Vicky ? »

Je vais chercher une bouteille à la cuisine et je reviens avec deux verres. Au passage, je vois le chantier dans le couloir : des pas sanglants partout avec les deux traces du chariot au milieu et des draps sales qui dépassent de la porte 14… Misère. Même si ce n'est pas notre travail, il faut qu'on nettoie ça. Heureusement que Zonzon n'est pas dans le service sinon on aurait eu un beau bazar ! On ne peut pas attendre l'arrivée des femmes de ménage qui ne viendront que dans 3 heures.

Je nous sers à boire et une fois fini, elle se lève, contente :

- « Viens, je vais t'aider, cela doit être la Bérézina là-bas... »

Elle me regarde.Je redécouvre tout à coup son sourire ! Une vraie révélation. Son visage s'illumine. Deux petites fossettes que j'avais déjà aperçues tout à l'heure vers minuit apparaissent sur ses joues. D'autres personnes ont déjà pu s'en apercevoir mais c'est comme si je venais, à l'instant, de trouver ce trésor. Ouh là ! Si ça se trouve, elle a un copain depuis des années. Faut que je me calme !!!

Rien de tel que de passer dans le placard à balais pour cela. Armés de nos seaux et nos serpillères, nous savonnons le couloir. De temps en temps nos balais s'entrechoquent et nous gloussons bêtement. Ce qui est moins drôle, c'est de mettre au linge sale les draps ensanglantés. Heureusement que nous avons nos gants et des surblouses, sinon ce serait « Massacre à la tronçonneuse » !

Enfin, nous terminons.

- « Eh bien, pour ta dernière nuit » me dit-elle, « tu auras été servi ! »

Je veux la retenir un peu, mais je sais qu'elle doit remonter dans les étages sans tarder :

- « Reste un peu. Vu ce qu'on a speedé, tu mérites bien de t'asseoir cinq minutes. » Je montre mes sabots. « Nos grolles sont dégueulasses, on devrait les nettoyer. »

Je joins le geste à la parole et sur un pied je passe une de mes chaussures sous l'eau.

- « Tu as raison. Je ne vais pas retourner dans le service avec. Ou alors, il faut que je trouve des sur-chaussures. »

Et nous voilà tous les deux, l'un à côté de l'autre devant le vidoir à essayer d'enlever ce que nous pouvons. Son visage est redevenu très sérieux. Elle met beaucoup d'application dans sa tâche.

Le téléphone sonne. C'est Geneviève. Elle me demande si Blandine à fini car elle a besoin d'elle tout de suite. Ouais, je me demande bien ce qu'il y a de si urgent ! Elle exagère. Enfin, le chef a toujours raison. Je transmets à contre cœur après lui avoir expliqué qu'on n'a pas chômé vu l'état du désastre. Et je la vois repartir vers son destin. Je ne la reverrai sans doute plus jamais.

Ensuite, je me souviens de ma promesse.

Je reviens dans le couloir où toutes les portes sont fermées sauf une. Celle de Marinette qui m'attend. La lumière filtre par l'interstice et sous la porte. Je toque doucement et je rentre. Elle est assise sur le bord de son lit, je n'avais pas remarqué ce pyjama jaune flamboyant qu'elle porte. Etonnant. Je vois qu'elle renifle en pleurant un peu. Je m'approche et m'assois à côté d'elle :

- « Alors ? » me dit-elle, « Comment va-t'elle ? »

- « Elle s'en tirera » je réponds. « Elle est entre de bonnes mains. Heureusement, nous sommes arrivés à temps. Tu sais bien qu'avec Pauline, il se passe toujours des choses très spectaculaires mais il n'y a jamais rien de grave. » Je m'efforce de minimiser son geste mais je sais bien qu'au contraire son désir de mourir est réel et qu'on vient de se sortir d'une situation délicate. Mais comment l'expliquer ? Tout à l'heure, en partant, il faudra que je prenne de ses nouvelles. En attendant, il faut que je rassure Marinette et lui permette de se recoucher.

- « Elle a plein de défauts mais Je l'aime bien Pauline, car sous ses dehors très chiants, elle est très gentille avec moi... »

- « Oui, tout à l'heure elle m'a dit que vous étiez proches. Tous les jours, cela ne doit pas être tout rose. Vous vous disputez souvent, non ? » »

Elle essuie ses larmes dans un grand mouchoir et se mouche :

- « C'est un jeu. On fait exprès de se chicaner mais en fait, on se dit tout. On s'ennuie tellement que c'est amusant de voir vos réactions quand on se tire la bourre. »

Première nouvelle. Décidément les filles, j'ai un peu de mal à vous suivre.

Elle poursuit :

- « Ici, c'est la seule qui me comprend. On a le même âge et pratiquement le même parcours. Comme moi, elle veut s'en sortir, quitter les hôpitaux et commencer à vivre. »

Après un moment :

- « Tu crois qu'elle va... vivre ? »

Je lui prends la main :

- « Bien sûr. L'interne de garde a été formel. Ils vont la garder quelques temps pour qu'elle se remette. Puis, elle reviendra. Tu n'as pas de souci à te faire. Tu retrouveras ton amie. »

Elle me regarde, les yeux tout gonflés :

- « C'est vraiment dommage… »
- « Qu'est ce qui est dommage ? »

Je crains la suite :

- « Qu'elle se soit entichée de toi. Je lui ai bien dit que tu n'es pas un garçon pour elle. Que tu n'es que de passage. Que tu as sûrement une copine. Elle m'en veut parce que je lui répète ça tout le temps mais elle croit à sa bonne étoile »

Je soupire :

- « Tu as raison. Pourtant ce soir, je lui ai parlé pour qu'il n'arrive rien et je me suis trompé. »
- « Oui, elle m'a dit que tu l'avais vue mais cela ne l'a pas calmée. Alors tout à l'heure, quand j'ai entendu du bruit vers sa chambre, j'ai su qu'elle avait encore fait une bêtise. Cela ne m'a pas étonné. »

Je ne peux que constater :

- « En effet, on a vu. Mais toi qui la connais un peu, dans toutes ses pérégrinations, elle n'a jamais pu rencontrer quelqu'un ? »

Elle s'offusque :

- « Tu plaisantes ? Qui veux-tu qu'elle rencontre ici ? Il n'y a que des vieux et des mères de famille ; des alcoolos ou des junkies... »

- « Ou des filles comme moi... » ajoute-t-elle.

Ah bon ?

- « Tu veux dire quoi ? »

Elle hausse les épaules :

- « Elle sait que je préfère les filles et que je suis amoureuse d'elle. Elle s'en fout mais comme je suis la seule qui lui parle, elle me supporte. C'est pour ça aussi qu'on fait semblant de se disputer parce que sinon, imagine ce que les autres diraient d'elle : Grosse, caractérielle et gouine en plus ! La totale. Même toi, je suis sûr que cela te dégoûte ? »

- « Non, non, pas du tout » dis-je, poussé dans mes derniers retranchements « Tout le monde a le droit de vivre comme il est. J'essaie de ne juger personne et d'accepter tout le monde. »

Quelle nuit ! Une vraie apothéose ! Qu'est-ce qu'il ne faut pas faire pour gagner sa vie ?

A ma grande surprise, c'est elle qui me prend la main :

- « Tu es gentil. Mais ne te force pas. Je vois très bien ce que tu penses. C'est normal, il te faudra sans doute du temps pour comprendre tout cela. »

Je retire ma main en essayant de ne pas trop la brusquer :

- « Non, ce n’est pas si simple. Je n’ai pas d’à priori même si tu crois le contraire. J’ai eu une éducation traditionnelle où on ne parle pas de ces choses-là, c’est vrai, mais, avec le temps, je me sens moins ignorant et peut-être plus tolérant. »

- « Pardon, » dit-elle, « je ne voulais pas te mettre mal à l’aise. »

Elle se détend :

- Bon, tu me dis que Pauline va s’en sortir, c’est l’essentiel. Toi, tu pars vivre ta vie. Elle t’oubliera et bientôt, elle regrettera son geste. Pour une fois que je m’étais fait une amie, j’ai risqué de la perdre. Je suis contente des nouvelles que tu me donnes. On ne se reverra pas sans doute demain matin. Bonne chance pour toi et pour la suite. »

Elle se recouche. Quand je referme sa porte, je vois dans l’obscurité, qu’elle m’adresse un clin d’œil.

Trois heures.

Quel métier !

Trois heures/quatre heures, ce sont les moments les plus difficiles de la garde. La fatigue te tombe sur les épaules. Si tu t'allonges, tu es mort. Le roupillon assuré. Le service qui part à vau-l'eau. Heureusement j'entends les portes battantes qui s'ouvrent de nouveau. C'est Bonnard. Que vient-il faire ?

Il me répond :

- « Avec tout cela, je n'ai pas mis de mot dans le dossier médical. Tu peux me le sortir ? »

Je farfouille dans le chariot à dossiers suspendus et extirpe le précieux document. Je remarque qu'il est très épais. Il s'en empare et commence à écrire dedans.

- « C'est au moins la sixième fois qu'elle fait cela ! Incroyable ! » dit-il

- « Et ça va ? Elle s'est réveillée ? »

Il repousse sa chaise :

- « Au bout de quelques minutes. On l'a bien remplie ! Elle n'avait pas trop perdu de sang, mais il faudra sans doute une transfusion demain. Dis ? Tu as une idée ? Les raisons de son geste ? »

Je lorgne sur la lettre rose qui est toujours sur la table. Peut-être qu'elle m'a écrit pour m'annoncer son suicide ? Quelle buse ! J'aurais dû l'ouvrir ! Je m'en veux mais c'est trop tard. Mais je ne vais rien dire. Trop compliqué. Et je ne veux pas avoir le mauvais rôle.

Comme je ne réponds pas :

- « Pauvre fille. Vouloir mourir comme ça ! Il faut une sacrée dose de désespoir. Enfin, elle n'est pas ici pour rien. Elle est quand même bien dérangée. J'ai pu suturer son poignet, pas de lésion trop profonde. Elle va avoir une cicatrice sympa au moins. Demain, elle verra la Psy… »

Il se lève, prêt à partir :

« -Tu veux faire quoi plus tard ? Spécialiste ? Généraliste ? Médecin de campagne ? »

Encore une fois, je suis surpris, je réponds comme je peux :

- « Oui, sans doute, Je n'ai pas passé l'internat CHU donc, je vais faire mon stage interné à partir d'Octobre puis mon service militaire et des remplacements avant de m'installer après ma thèse. »

- « Je vois. Tu n'es pas une bête de concours, tu ne veux pas devenir Patron ? »

Je m'esclaffe :

- « Je ne crois pas. Tout cela me fait horreur ! »

Il s'amuse lui aussi :

- « Tu n'es pas attiré par un destin comme celui du « Castor » ? »

Devant ma perplexité, il poursuit :

- « Le Professeur Rougé, un pneumologue, on l'appelle comme ça car il a construit sa carrière avec sa queue. Il a épousé la fille de son chef de service mais comme elle est morte d'accident avant qu'il ait le poste, il a épousé sa sœur ! C'est authentique. »

Il reprend son sérieux :

- « Cela ne t'intéresse pas de devenir interne comme moi ? Tu as l'air curieux, j'ai bien vu comment tu me regardais. C'est très formateur, dans un petit hôpital. Après tu peux t'installer avec un bon bagage. C'est ce que je fais. Tu es payé pendant quatre ans. Rien à voir avec l'enseignement de la Fac. Tu passes par tous les services, toutes les spécialités. Tu mets les mains dans le cambouis ! Et tu es paré pour tout !». Il est content de lui.

Jamais personne ne m'en avait parlé ! Faut dire qu'avec les zigottos que je fréquente, une idée pareille ressemble au Grand Satan. Cela calmerait peut-être mes angoisses d'installation professionnelle. J'ai tellement conscience de mon ignorance ! Si, un jour, nos professeurs pouvaient le comprendre. Notre sélection fondée sur l'échec au concours de l'internat hospitalo-universitaire, ne peut que les conforter dans leur opinion : Le médecin généraliste n'est qu'un raté du système. Il me semble, pourtant, que cette fonction est l'essence de ce métier. Notre formation n'est que livresque, fondée sur la parole divine de mandarins qui se cooptent entre eux et qui ne souffre d'aucune contestation. Enfin, peut-être une possibilité d'avoir une autre vision, plus pratique, de tout cet enseignement théorique. Je suis séduit.

- « Et il faut s'inscrire où ? » je lui demande.

- « A la D.D.A.S.S. C'est un concours. Moins costaud que le CHU mais si tu connais bien tes cours, si tu travailles et n'es pas trop abruti… » il hausse les épaules, « Tu peux le réussir. Après tu rencontres une infirmière à l'hôpital, tu l'épouses et tu lui fais des gosses et hop ta vie est toute tracée. Tu peux même faire une spécialité si tu veux mais moi ça ne m'intéresse pas. J'aime mieux la campagne. Enfin, tu vois… »

Ce gars est vraiment étonnant. Au milieu de la nuit, il vient de me donner une piste intéressante car je trouve que ce que nous apprenons auprès de nos Maîtres est parfois bien déconnecté de la réalité. En fait, la filière classique nous apprend mal notre métier. Nous n'avons pas de lacune, nous sommes capables de soigner la « fièvre pourpre des Montagnes Rocheuses » mais, sauf cas exceptionnels, nous n'avons jamais vu une otite. Bref, nous avons un gros déficit de formation pratique. Rien ne nous prépare à la médecine de ville. Et ce qu'il me propose me permet de répondre à mes questions existentielles. Soigner le tout-venant dans un petit hôpital de province peut compléter mon apprentissage. Je suis conquis. Il faut que je me renseigne auprès de la DDASS dès septembre.

Bonnard s'en va. Pour plaisanter, je lui demande s'il a trouvé et épousé une infirmière ?

Il se fend d'un grand sourire :

- « Bien sûr ! Qu'est-ce que tu crois ? »

Et il disparait.

Je m'installe dans un fauteuil dehors, à la porte de la véranda, en soupirant…

Quatre Heures trente !!!

Je me suis endormi !!! C'est le vent, soudain levé, qui en agitant les feuilles du grand peuplier, m'a réveillé ! Je saute d'un bond de mon fauteuil, les jambes un peu flageolantes avec des fourmis dans les pieds. Je dois avoir une démarche un peu comique pour qui me regarde maintenant. Heureusement il n'y a personne. A m'endormir dans le jardin, je risque soit de tomber, soit d'attraper froid. Ou encore d'être surpris par quelqu'un.

Le temps de reprendre mes esprits et de retourner dans mon bureau, j'entends la double porte du couloir qui s'ouvre de nouveau. D'une poussée, mon tabouret à roulette m'emmène jusqu'à la sortie de mon estanco. Je penche la tête en dehors pour découvrir qui vient déranger ma veille. Franchement, je n'attends plus personne : Bonnard est reparti dans les services, Vicky et consorts sont bien occupées et tous mes patients sont endormis et bien sages dans leurs chambres. Même Monsieur Zonzon ne daigne pas se montrer. Quant à Manu, il ne peut sortir de sa cage à l'accueil. Serait-ce un ou une fugueuse ? Au moment où je me tords le cou pour enfin voir qui arrive, j'entends des pas feutrés dans mon dos. Je me retourne et voit Sœur Bernadette, la surveillante de nuit qui débarque ! Elle porte les habits habituels des sœurs de la congrégation : une robe ample qui descend jusqu'aux pieds, un scapulaire prolongé d'une croix toute simple en bois. Son visage est souligné par un voile qui cache sa chevelure. Accoutrée ainsi, impossible de deviner son âge.

- « Alors, Stanislas ? » me dit-elle « comment se passe votre nuit ? »

Elle parait bien enjouée. Attention méfiance ! La morsure du cobra peut, en un instant, vous ôter la vie ! Ou plutôt votre tranquillité d'esprit.

Je réponds :

- « Bonsoir, Sœur Bernadette. Ça va. Pas de gros soucis. Tout le monde dort, sans problème. »

Elle parait un peu surprise :

- « Ah bon ? Pourtant on m'a dit qu'une de vos protégées a fait une tentative de suicide ? »

Mince ! J'ai répondu sans réfléchir. Pauline est passée à l'as ! Cette sœur a un don pour me faire dérailler. Chaque fois, je me dis que je dois ne pas être pris au dépourvu par ses questions. Surtout ne pas me mettre en danger. Et paf ! Comme je ne suis pas complètement réveillé, cela ne rate pas, je me retrouve à essayer d'expliquer ce que j'aurais pu anticiper sans problème.

- « Oui, oui, Pauline... J'en ai eu des nouvelles par le Docteur Bonnard, tout à l'heure, elle va bien maintenant. Elle pourra regagner sa chambre bientôt. »

Elle plante ses yeux de fouine dans les miens. Une sensation très désagréable :

- « Vous n'avez pas une idée de la raison pour laquelle elle aurait voulu mettre fin à ses jours ? Vous n'avez pas retrouvé de lettre ? Quelque part dans ses effets ? »

C'est incroyable, je suis justement en train de regarder la lettre, toujours posée sur le bureau. Elle doit avoir des antennes ! Cette femme est un scorpion ! Je bredouille :

- « N... Non, je n'ai rien trouvé. Il faut dire qu'avec tout ce sang, nous étions plus occupés, Blandine et moi, à tout nettoyer. Mais, ma Sœur, lors de mon tour de 5 heures, je ne manquerai pas de regarder de nouveau dans ses affaires. »

- « C'est bien... »

Satisfaite, elle retrouve son regard doux, plein de bonté, présage, pour qui ne la connaît pas, d'un nouveau tour de cochon dont elle est la spécialiste :

- « Je suis passéeil y a quelques minutes, je n'ai pas voulu vous déranger, vous paraissiez juste un peu assoupi... C'est la fatigue, bien sûr. Cela ne doit pas être aisé de concilier un travail de nuit et vos études. Je comprends, bien entendu. Vous avez du mérite. Il est temps que cela se termine. Et quel est votre programme pour après ? »

La garce ! Je me suis fait avoir comme un débutant ! Maintenant, je suis bien réveillé ! Mais, hors de question de lui dévoiler la moindre parcelle de ma vie privée. Je préfère contre attaquer :

- « Mais ma Sœur, vous auriez dû me réveiller au contraire ! Je me demandais justement si je n'avais pas somnolé un moment... Vous me le confirmez. Je crois que c'est la première fois que je m'endors depuis deux mois. Après ? Je ne sais pas encore ce que je vais faire. Paul reprend son travail demain soir. »

- « C'est bien, c'est bien, tout à l'heure, vous ressembliez à un petit ange sur votre fauteuil. Je n'ai pas voulu vous déranger. Comme une vision céleste. » dit-elle rêveuse.

N'importe quoi ! Elle débloque complètement la sœur ! Ou alors, elle a beaucoup d'humour et se moque de moi. Mais cela m'étonnerait.

- « Je vais vous laisser. Bonnes vacances et reposez-vous bien. Si nous ne nous revoyons pas plus tard, sachez, Stanislas, que je garderai de vous le souvenir d'un garçon charmant. »

Je pense qu'elle a fumé la moquette. Tant de compliments ne lui ressemblent pas. Y aurait-il un cœur derrière cette carapace de duplicité ? J'en ai presque honte. Elle me salue de la tête et s'éloigne dans le couloir de sa démarche raide et silencieuse. Sous sa robe qui touche terre, on ne voit pas ses chaussures. On dirait qu'elle glisse sur le carrelage. Qu'elle lévite !

Reste la lettre. Elle m'interpelle, bien posée en évidence sur la table de la relève. Je n'ai que faire de ma promesse. Je l'ouvre fébrilement :

« Stan,

Je t'écris cette lettre au moment où tu vas t'en aller.

C'est un secret pour personne, dès que je t'ai vu, j'ai su que tu étais là pour moi et j'ai attendu tout ce temps pour t'avouer que je suis amoureuse de toi de tout mon cœur.

Bien sûr, je me fais des illusions : je sais que tu ne t'intéresses pas à moi. Que ferais tu d'une malade comme moi qui passe sa vie dans les hôpitaux et qui n'a rien pour plaire à un homme ? Toi, tu as ta vie à l'extérieur, tes études, ton futur métier et sans doute plein de filles beaucoup plus intéressantes et plus jolies que moi autour de toi. J'en suis sûre.

Tu vois, moi, je suis comme retirée de la vie. Ma famille m'a toujours dit que je ne ferais rien, que je serais toujours une charge pour les autres et que je ne réussirais rien de mon existence. Et je le crois. Alors, quand arrive une personne comme toi, qui me parle, me sourit et m'aide par sa seule présence en me montrant que je suis vivante, je prends cela comme un don du ciel. Même si je sais que c'est vain et sans espoir, je m'accroche à cette idée que je suis quand même comme les autres.

Tu penses sans doute que je suis une illettrée sans instruction mais au cours d'un de mes séjours hospitaliers avec un curé un peu moins bête que les autres, je me suis mise à écrire. Je me cache depuis des années. Personne n'est au courant car je détruis tout. Je sais que cela n'intéresse personne. Je suis sûre que certains pensent que je mange le papier qu'on me donne. Qu'importe. Je n'en ai cure. Mais au moment où je vais m'en aller, moi aussi, je veux que tu le saches. Tu auras été mon dernier rayon de soleil. Et je sais que tu ne me trahiras pas.

Adieu.

Pauline. »

Deux pensées me viennent immédiatement :

Un, si je l'avais lu avant, j'aurais peut-être pu anticiper son suicide et sans doute l'empêcher en allant tout de suite m'expliquer avec elle.

Deux, une fois de plus, je me dis que je me suis trompé sur la vraie nature d'une personne. Ne jamais se fier à notre première impression. Encore une leçon.

Cette lettre est sans doute une des plus belles qu'on m'ait écrite. Son style ne ressemble pas du tout à l'image de son auteure. Faut-il prévenir mes collègues? En même temps, si je le fais, je m'expose et dévoile toute une partie de la personnalité de Pauline qui représente son jardin secret. Je ne sais que faire ? Et personne pour me conseiller.

Je repose la lettre manuscrite sur la table.

Quelle cachotière cette Pauline ! On imagine mal son existence. Tout cela traduit une volonté incroyable de garder quand même les commandes. Ne pas prendre son traitement, écrire en cachette, donner une autre image de soi-même, montrer cash ses sentiments et jouer avec la mort. Pourquoi n'arrive-t-elle pas, avec une telle opiniâtreté à construire quelque chose ? Pour sortir de sa spirale infernale ? Enfin, je ne suis pas là pour sauver Pauline de ses secrets, de ses instincts morbides. Ce qui est étonnant, c'est qu'il n'y a pas une once de méchanceté dans tout cela. Alors qu'elle pourrait être aigrie.

Dans notre communauté de soignants/soignés, il y a toujours des leaders et des suiveurs, des mauvais et des gentils. Pauline, qui reste quand même un personnage étonnant, n'entre pas dans une de ces catégories. Elle ne parait pas mystérieuse de prime abord alors qu'en fait il s'agit d'une énigme.

Tout cela me laisse songeur. Il faudrait que j'en parle avec Mme Bernard mais, bientôt, j'abandonne cette idée : Pas question de faire des heures supplémentaires !

Cinq heures.

Il est temps de commencer mon nouveau tour.

Comme à deux heures, je m'avance sans bruit dans le couloir. En général, je ne dois pas avoir de surprise à cette heure-ci. Les « lève-tôt » dorment encore. J'ouvre en douceur les portes des chambres. Je regarde à l'intérieur en prenant soin de n'éblouir personne avec ma petite lampe électrique. Mes yeux sont habitués. J'arrive à distinguer certains détails : Les plis de la couverture posés sur un corps endormi, un livre échoué par terre, oublié avant de se coucher, une paire de lunettes en équilibre instable sur une table de nuit, une fenêtre un peu ouverte, retenue par son système de sécurité et d'autres instants de vie figés dans l'obscurité.

Arrivé au niveau de la chambre de Monsieur Crépon, je m'aperçois qu'il a les yeux ouverts. Il est tourné du côté de la porte et me regarde. Mon cœur s'arrête. Quelle étrange impression ! Il m'est déjà arrivé de constater en Médecine, sur le matin, un décès inexplicable au détour de nos inspections régulières. J'espère ne pas être de nouveau confronté à ce cas de figure. Une impression très dérangeante. Mon cœur s'accélère mais je constate qu'il respire doucement. Est-il réveillé ? Le connaissant, il m'aurait déjà interpellé. Non, en fait, il dort les paupières ouvertes. C'est une sensation étrange. Comme un mort. En tout cas, cela explique pourquoi le matin, il se présente les yeux rouges, comme un lapin frappé de myxomatose. Il faut que je le note sur le cahier de relève afin qu'on puisse lui donner du collyre avant de se coucher. Sans doute une conséquence de son traitement neuroleptique.

Monsieur Crépon est un ancien postier. Un métier qui m'a toujours fasciné. Ah la Poste ! Un très bon souvenir de travail d'été. Deux mois à la Gare, dans l'environnement du train postal, clin d'œil à l'imaginaire cinématographique. Une parenthèse enchantée après l'expérience brève d'un intérim dans un entrepôt frigorifique où des camions viennent décharger de la charcuterie en gros. Un travail éprouvant dans un bruit permanent de véhicules en manœuvre. De Fenwick qui traversent une barrière de lamelles plastiques épaisses afin de préserver la température proche du zéro. Sans se préoccuper des gens derrière. Deux communautés qui s'affrontent, d'un côté des Algériens et de l'autre des Marocains qui se tirent la bourre sans répit, s'apostrophent en arabe. Parfois en viennent aux mains pour des histoires de camions déchargés ou non. Des cris, du froid, de la sueur.De l'arnaque aussi quand le chef d'équipe te fait miroiter une fin de journée précoce si tu arrives avec un collègue à décharger un camion entier, manifestement trop gros. Enfin, du danger, car outre les Fenwick fous, une parole de travers déclenche toute une cascade de violence verbale qui peut déboucher sur de la violence physique. Je me suis toujours demandé comment j'ai fini cette mission. A la suite de cette expérience, j'ai terminé ma collaboration avec cette agence d'intérim.Je me suis promis aussi de ne plus jamais me plaindre de quelque travail que ce soit. Merci à mes parents de m'avoir permis de faire des études supérieures.

A la Poste, j'ai trouvé des conditions différentes dans un lieu mythique, conjuguant deux de mes fascinations : celle du courrier et celle du train. Je fais des horaires multiples avec des journées commençant le matin, l'après-midi ou le soir vers 19 heures. La cantine, sur place, de meilleure qualité que le restaurant universitaire, permet une pause exceptionnelle prise sur notre temps de travail. Un luxe où nous avons, sans être bousculés, le temps de manger. Le labeur n'est pas compliqué : Décharger les wagons postaux, à cinq pour faire la tâche de trois. Les porter, sur nos charriots roulants tirés à grande vitesse, tout cela avec force bruit de klaxon, au milieu des voyageurs, dans leurs entrepôts correspondants.D'autres équipes les prennent en charge pour distribuer le courrier selon leur destination.

L'arrivée en gare du train jaune postal reste un de mes souvenirs les plus émouvants, excitants : Le convoi, en marche arrière, se faufile entre deux quais où l'attendent deux équipes. L'une pour décharger, l'autre pour charger les sacs postaux pleins. Comme les mécanos de Grand Prix qui attendent la Formule un qui doit changer ses pneus et prendre de l'essence le plus rapidement possible. D'un côté le courrier trié, de l'autre celui qui va l'être dans les wagons pendant tout le voyage. Dans ces moments-là, on se sent membre d'une chaine laborieuse dont le seul but est la transmission des lettres en moins de 24 heures d'un point à un autre. Une mission qui nous rapproche des héros de l'aéropostale pour qui c'était la tâche la plus noble. Vous pensez que je plaisante mais non, j'avoue avoir ressenti cette impression chaque fois que je pose les gros sacs ventrus de lettres sur leurs charriots. Enfin, j'ai l'impression aussi que pour mes vieux collègues qui font ce travail depuis des années, la dimension mystique de celui-ci, a bien disparu depuis longtemps !

J'aime aussi monter dans les wagons. Me faire transporter en gare d'une voie à l'autre aux sons du crissement des essieux, pour aller d'un entrepôt à l'autre dans la tiédeur du soir. Comme un resquilleur sans billet. Dans ces moments-là, le roi de Prusse n'est pas mon cousin ! Toutefois, cette relative quiétude a failli me coûter très cher :Un soir je me suis penché par un des fenêtrons pour regarder l'arrière du train et juste après avoir rentré ma tête, le fourgon est passé à quelques centimètres d'un poteau, me laissant pendant quelques minutes abasourdi d'une frayeur rétrospective. L'impression d'avoir été pris dans une guillotine improvisée. Depuis ce jour-là, en voyage, je fais bien attention de toujours regarder vers l'avant. Rude avertissement. Qui m'a rappelé un autre souvenir traumatisant de mon enfance : A la campagne, j'avais pris l'habitude de m'installer les jambes ballantes sur le côté du chariot tiré par le tracteur du paysan chez qui je passais des vacances. Un jour, au moment de rentrer à la ferme, il a mal calculé la largeur de la porte et l'attelage a heurté l'encadrement de l'entrée. Juste à l'endroit où je venais de retirer par reflexe mes jambes. Dans ces cas-là, peut-on parler d'ange gardien, d'instinct de survie ou de préscience ? En tout cas, une sacrée dose de frousse !

Il y a, dans mon roulement, une soirée qui commence à 19heures et me fait vider,toutes les heures, toutes les boîtes aux lettres de la gare jusqu'à deux heures du matin. Chaque boite est pleine à craquer comme si tout le courrier du monde y avait élu domicile. Ces gros sacs représentent le début de la chaine où chaque missive va passer entre les mains d'une escouade de trieurs anonymes. Quand je discute avec mes collègues, il existe un sentiment de crainte diffuse : Que toutes ces petites mains soient remplacées un jour par des machines qui feraient la même chose à leur place. Pourtant, tout le monde trouve cet emploi répétitif, abrutissant, personne n'en veut. Ils craignent même que la direction, se rendant compte qu'ils sont un peu trop nombreux en gare, les oblige à devenir trieurs. Il se murmure que les gens ne restent à cette place que deux ou trois ans, tombent malade et ensuite demandent leur changement. Parfois même envisagent le suicide. C'est vrai que la perspective de rester dans un wagon sans fenêtre, toute la nuit à classer des lettres ne semble pas la fonction la plus épanouissante de la terre. C'est ce qui ressort de toutes mes conversations lors de nos nombreuses pauses.

Moi, je trouve qu'ils vivent dans une sorte d'Eden, surtout les soirs où les contremaîtres sont rentrés chez eux. Où personne ne vient troubler leurs habitudes héritées de leurs luttes syndicales. Cependant, je me garde bien d'en faire état de manière publique. Parfois, il vaut mieux savoir se taire.

Avec mon gros sac, et un peu d'entrainement, je réalise ma tournée en 30 minutes, me laissant le reste du temps pour bouquiner tranquille dans une petite pièce donnant sur les voies ferrées. Tout cela pour dire que la pénibilité du travail, n'est pas au rendez-vous pour moi qui ai déchargé des camions frigorifiques dans des conditions apocalyptiques. Sans vouloir faire injure à qui que ce soit, j'ai vraiment profité de ces deux mois sans stress pour me reposer. Ce que j'ignorais, c'est que cela marquait aussi la fin de mes congés longue durée d'étudiant avec dès l'année suivante le début de la vie active. Et seulement ses quatre semaines de vacances.

Quelle pouvait-être la fonction de Mr Crépon ? Facteur ? Trieur ? Guichetier ou contrôleur ? Oui, sûrement contrôleur, cela correspondrait bien à son caractère. Un homme de pouvoir. Au travail comme à la maison. Ceci expliquant sans doute la raison de sa fragilité vis-à-vis des aléas de la vie.

A Saint-Louis, aussi, en tant qu'infirmier de nuit, j'ai eu mon lot de misères, comme je l'ai déjà raconté. Mais, quelques années auparavant, j'ai occupé un poste d'aide-soignant dans un service de médecine interne. En fin de deuxième année de Médecine, on peut prétendre, sans aucune qualification, à l'équivalence. Une aubaine pour celui qui souhaite améliorer ses revenus.

J'ai été pris en main par une vieille aide-soignante blanchie sous le harnais : Sœur François-Xavier. Une sœur d'un certain âge, avec son franc-parler, bougonne la plupart du temps, qui m'a donné une formation accélérée de tout ce que je devais faire et savoir dans cette nouvelle fonction.

Apprendre à faire un lit, à mobiliser un patient, comment lui donner à manger et même faire quelques soins que sa fonction lui permet ou qu'elle s'autorise à faire. Difficile de contredire ou de résister à cette boule d'énergie qui crie aussi fort en t'engueulant qu'en te félicitant. Si elle est de bonne humeur (rarement), la journée risque d'être belle sinon, interdiction de bouger une oreille ! Elle est aussi douce avec les malades qu'elle est dure avec ses collègues. Un sacré phénomène. J'ai eu droit à sa rude « formation spéciale » car elle m'a avoué quelques semaines plus tard, ayant compris que j'étais plein de bonne volonté, qu'elle pensait que je n'étais qu'un de ces fils de patron qui vient travailler en dilettante pour se faire de l'argent de poche et qui la prendrait de haut. Faut dire que l'infirmière chef m'a présenté à toute l'équipe comme un futur médecin pistonné par sa tante qui tenait une haute fonction dans l'établissement. Effectivement, l'une d'elle a été Chef des sage-femmes de Saint Louis pendant une longue période. Mais je ne m'en serais jamais vanté, même si ma demande d'emploi saisonnier avait pu en être favorisée. Une vraie planche à savon qui ne m'a heureusement pas trop pénalisé.

J'ai essayé de me faire le plus discret et le plus attentif possible aux conseils donnés. Sœur François Xavier, dont le nom étrange m'avait frappé, se targue d'être une excellente thérapeute en matière d'escarres et de phlyctènes. Elle utilise, à la demande du chef de service, toute une série d'onguents et de pommades qu'elle fabrique elle-même dans son « laboratoire ». Elle s'appuie sur un vieux cahier usé par le temps où s'étalent de multiples recettes, dignes d'un livre de cuisine. L'ouvrage lui permet de confectionner des petits pots d'onguents étiquetés de noms mystérieux. Un jour je lui ai demandé qui lui avait donné ce grimoire. Elle s'est fâchée. Avec une pointe d'orgueil, elle m'a dit qu'elle l'avait écrit elle-même au fil des années. Je me suis dit qu'à sa retraite, je serais bien venu récupérer cette compilation de savoir empirique. Hélas, l'année suivante, elle est partie dans une autre région, emportant avec elle son précieux manuscrit.

A cette époque, le Docteur Masse dirige tout ce petit monde hospitalier. C'est un Stéphanois qui est affligé d'un tic de langage amusant. Il dit à chaque phrase :

« Tâcher moyen ». Je rigole discrètement en l'entendant proférer aux patients, au cours de sa visite quotidienne : « On va tâcher moyen de vous guérir ! », « Il faudra tâcher moyen de suivre ce régime ! » et « Vous tâcherez moyen de lui faire faire une radiographie », « Faut tacher moyen de lui prendre sa tension toutes les heures » à l'équipe infirmière. Tous les jours, toutes les semaines, pendant deux mois, cela en devient hilarant. A côté de cela, à son contact, j'ai pu constater qu'il est possible à l'hôpital de pratiquer une médecine de proximité, de simplicité, non jusqu'au-boutiste, parfois fataliste, bref très humaine. Cet homme, toujours très bien habillé sous sa blouse blanche, m'a réconcilié avec l'idée que certains mandarins peuvent ne pas être prétentieux ou imbus d'eux-mêmes.

J'arrive ensuite chambre 14 au bout du couloir. Je m'aperçois que le lit défait est vide ! C'est la chambre de Pépé Kalfon ! Peut-être qu'avec sa prostate, il est parti uriner. Je ne me souviens pas l'avoir vu à 2 heures. Faut dire qu'avec Pauline, je n'ai pas pu finir mon inspection des deux derniers lits ! Je vérifie aux toilettes si je ne l'entends pas. Non. Rien. Où a-t 'il bien pu passer ? Parfois, il se trompe de chambre mais avec les autres pensionnaires je l'aurais su tout de suite.

Il a très bien pu profiter de mon petit somme de 4 heures pour filer dans le jardin ou passer par la porte et partir à l'extérieur. Mais là aussi il aurait été vu par Manu dans sa guérite ou par des passants même si à cette heure-là pas grand monde ne se promène dans la rue. J'ouvre la porte fenêtre qui donne sur le jardin. Je pars en exploration avec ma lampe de poche. Les sièges sont rangés, il n'en manque pas un. Je vérifie autour des arbres et fouille rapidement les bosquets. Le vieux s'est volatilisé ! Misère. Je retourne au bureau pour téléphoner :

- « Allo Manu ? »

- « Oui, Stan ? Des soucis ? »

Ma voix doit être préoccupée :

- « J'ai perdu Pépé Kalfon ! Il n'est pas dans son lit et nulle part dans le service. Tu ne l'as pas vu ? »

Il me chambre :

- « Elle est bonne celle-là ! Après Mme Kaspernac, tu as encore perdu un vieux ? Il faut les attacher à leurs lits ! Mets-leur des bracelets ! »

C'est vrai qu'ils sont déchainés les ancêtres cette nuit, je ne sais pas ce qu'il y avait à la cantine hier soir ! Ils ont bouffé du lion ou alors ils n'ont pas pris leurs gouttes.

- « Non, je suis sérieux. Il faut le retrouver. Tu ne l'as pas vu passer par la porte ? »

- « Impossible. Depuis 22 heures, elle est fermée. Tu as fouillé le jardin ? »

- « Oui, oui, partout, et il n'a pas pu grimper à un arbre, il peut à peine marcher. Ecoute, demande au brancardier des urgences de faire le tour de l'hôpital. Moi, je vais voir avec Geneviève si quelqu'un peut venir me remplacer dans le service. Je vais chercher à mon tour... »

- « OK, bon courage »

Il raccroche. Il faut que j'appelle l'infirmière d'étage pour voir si elle peut m'envoyer une des « Lolos ». Je ne peux pas quitter mon service. Après si on ne le retrouve pas, on appellera Sœur Bernadette. C'est la procédure. Puis on alertera les « bleus » en dernier recours, si elle le décide. On n'aime pas trop mobiliser la police mais parfois, on n'a pas le choix. Même s'il n'est plus capable de marcher longtemps, Marius, qu'on surnomme Pépé, peut avoir fait plusieurs kilomètres dans la nuit ou s'être assoupi sur un banc ou pire, au bord du fleuve... Je n'ose même pas y penser.

Quelques instants plus tard, je vois débarquer Marianne et me voilà parti dans les couloirs à la recherche de mon évadé de l'asile. Il est gentil,

Marius, mais cela fait des années qu'il a complètement perdu la mémoire. Il parait que cette affection a un nom : la maladie d'Alzheimer. C'est une démence particulière dont on commence à entendre un peu parler. Pourquoi a-t-il atterri chez Mme Bernard ? Encore une énigme. D'habitude, il ne fugue pas. Il se contente de rester assis à une table en déchirant des revues et en faire un petit tas. Je ne crois pas qu'on nous en aie parlé dans nos cours de Psychiatrie ou de neurologie.

Faut dire que depuis trois ans, avec les stages d'externe le matin à l'hôpital, je ne vais plus régulièrement en cours l'après-midi. Comme mes collègues, je profite du système de la Corpo, notre coopérative étudiante qui nous vend des polycopiés :

Un roulement de trois étudiants assiste au cours. Ils rédigent ensuite, en fonction de ce qu'ils ont enregistré, un « cours officiel » qui est ensuite imprimé pour être redistribué, contre une cotisation, à tous les étudiants de l'amphi. A charge, à nous, ensuite d'améliorer ce texte avec nos recherches personnelles.

Mais ne nous leurrons pas, la grande majorité des élèves, sauf ceux qui passent l'internat CHU, n'amende rien du tout. Ils se contentent d'apprendre la leçon dont la justesse et la précision ne dépend que du sérieux de la transcription de notre trio d'envoyés spéciaux.

Ce système existe depuis de nombreuses années. Il peut être choquant si on réfléchit un peu mais en même temps, il s'agit d'une réponse à ce que nos Maîtres nous demandent : Recracher à l'examen du savoir standardisé en très peu de temps sans aucune réflexion. Enfin, à notre décharge, certains de nos Professeurs se contentent de lire pendant une heure, un texte que l'on peut se procurer à la librairie de la Fac. Sans changer une seule virgule, montrant par cette attitude combien l'enseignement les passionne. Ils ne sont pas si rares que cela. Heureusement, si, par hasard, il y en a un qui a une pratique originale, le bouche à oreille fonctionne et il se retrouve avec en face de lui un amphithéâtre plein.

Mais la plupart du temps, c'est le désert. Cela traduit simplement un constat : Nos Mandarins pensent que la Médecine s’apprend au lit du malade, dans une sorte de compagnonnage. Les examens sont un mal nécessaire qui ne servent qu’à sélectionner des individus qui doivent avoir un socle de connaissances communes. Enfin que le succès n’est que l’apanage des gens qui ont réussi à passer tous les obstacles. C’est triste mais c’est comme ça.

J’ai appris l’existence de cette nouvelle maladie, ici, en lisant le dossier de mon fugueur. En attendant, je dois le retrouver. J’inspecte le grand hall et la montée d’escalier pour voir s’il n’est pas endormi quelque part. Je vais ensuite au sous-sol où règne une température agréable par ces chaleurs vespérales, mais je ne pense pas qu’il ait pu descendre les escaliers tout seul. Que dalle ! Je commence à paniquer car l’histoire vire au vinaigre. Je ne crois pas non plus qu’il ait pris l’ascenseur pour monter dans les étages, il ne se souvient même pas que cela existe.

Je passe devant Manu dans sa guérite :

- « Tu l'as retrouvé ? J'ai alerté tout le monde, je suis sûr que Sœur Bernadette doit être au courant maintenant... »

Oui, fatalement. Je vais en prendre plein la tête. C'est moi le responsable. Je lui fais une mimique désolée et je file aux Urgences.

Je pousse les deux grandes portes battantes. Je me retrouve dans ce monde particulier qui tourne parfois au grand cirque ou à la cours des miracles. Mais ce soir, rien de tout cela : Le grand couloir,où souvent se bousculent des chariots remplis d'une humanité pantelante, est vide à part une salle éclairée. Pas d'activité frénétique à l'horizon. Calme, grand calme. Je retombe sur Bonnard ! Décidément, on ne se sera pas quitté de la nuit. Il est hilare :

- « On l'a localisé ! Il est chez nous ! »

Ouf ! Je respire. Le poids qui m'écrase depuis un quart d'heure vient de s'envoler. C'est l'avantage des petits Hôpitaux : Tout le monde se sent concerné quand il se passe quelque chose. Il me prend par l'épaule :

- « Il s'est couché dans le lit de la chambre du prisonnier. Je ne comprends pas, d'habitude, la salle est fermée à clé et personne ne l'a vu se glisser dedans… »

J'appelle Manu pour lui dire de stopper les recherches. Je vais voir l'objet de toutes nos attentions. Beaucoup de services d'urgences ont une pièce fermée avec des barreaux à la fenêtre pour recevoir certains patients dangereux pour eux même ou pour les autres. Je ne sais pas comment a fait Pépé Kalfon pour se retrouver là.Mais il a bénéficié d'une cascade de négligences : une nuit plus calme, des circonstances favorables en psychiatrie avec la TS de Pauline, une attention des soignants un peu moins aigüe, et hop, le tour est joué. Je pousse la porte. Je vois qu'il dort encore comme un bienheureux.

Les infirmières me proposent de le garder jusqu'à son réveil qui ne devrait pas tarder car il est réglé comme une horloge : Six heures et tout le monde debout. Elles se sentent, elles aussi, responsables. J'accepte volontiers. Je me vois mal le déranger pour qu'il se recouche dix minutes plus tard. Par une fenêtre, je m'aperçois que la nuit est moins noire. Sans doute, le soleil va se lever. Je retourne dans mon service délivrer Marianne.

Six heures.

Les agents de nettoyage d'ONET débarquent. Elles ont une heure pour laver, à deux, les sols, faire le ménage dans tous les bureaux avant le début des soins et l'arrivée des équipes à 7 heures. Elles sont d'une efficacité redoutable. Comme elles ont travaillé toute la nuit dans différentes entreprises de la ville, elles ne font pas trop attention au bruit. Seule concession, pour les couloirs, elles n'utilisent pas d'aspirateur vraiment trop dérangeant mais elles manient le balai. Je ne sais pas si c'est mieux car le choc de la brosse contre les murs est aussi agaçant. Le personnel est à majorité étrangère soit venant du Portugal, soit des pays du Maghreb. Elles travaillent vite et bien.

On les reconnait facilement car leurs tenues bleu ciel les identifient tout de suite dans cet environnement tout blanc. Enfin, elles sont joyeuses. Je pensais, sans doute à tort, que cette fonction nocturne était plutôt aliénante. En fait, l'une d'elles m'a expliqué qu'elles étaient contentes de pouvoir s'occuper de leurs enfants la journée grâce à cet emploi non qualifié en horaires de nuit. Comment s'organisaient-elles ? Où trouvaient-elles le temps de se reposer ? Mystère. Mais visiblement, ça roulait bien comme ça.

J'explique à Aïcha, qui semble être la tête du binôme, les raisons du désastre ménager de ce matin. Elle me rassure tout de suite en me promettant de passer un coup sur le sol de la chambre même si cela sort de leurs prérogatives. Normalement, les chambres des patients sont faites par les ASH du service à des heures précises, par roulement, tout le long de la semaine.

Il ne faudra pas que j'oublie de le dire à la relève du matin afin d'éviter des conflits. J'ai souvent remarqué qu'il y avait une sorte d'incompréhension quand il y a un transfert de charges non expliqué. Alors qu'il s'agit seulement de rendre service avec un peu de bon sens. A tous les étages de la hiérarchie, on retrouve une certaine propension à défendre son pré carré même dans les actions les plus basiques.

Une employée ne doit pas mettre son balai brosse à l'endroit où une autre le place habituellement.

Celui qui n'a pas compris cela est capable de déclencher une affaire d'état qui va empoisonner l'atmosphère. Alors qu'il suffisait d'expliquer les choses. Je trouve que le fait d'avoir pratiqué, même brièvement au cours de congés d'été, tout un panel de métiers est une vraie richesse. Rien de tel pour comprendre la vie des gens qui, un jour j'espère, demanderont mes soins lorsque je serai installé comme médecin.

Connaître ce qu'il y a dans les entrailles de cette grosse machine qu'est l'hôpital. J'ai toujours été intéressé par la face cachée des choses. Ce qui se dissimule dans la réserve au fond d'une boutique, dans la cuisine d'un restaurant, dans le laboratoire d'un boulanger, dans le bureau d'un puissant ou dans la maison d'un homme célèbre. Je suis assez excité par la perspective de pratiquer plus tard des visites à domicile. Aucune maison, aucune boutique ne résiste à l'arrivée d'un médecin qui est attendu. Je me fais peut-être des illusions, mais il me semble que découvrir l'endroit où habitent les gens permet de mieux connaître leur caractère et cette partie intime qui nous échappe quand nous les examinons.

De même, avoir pratiqué une fonction au sein d'un l'hôpital permet de mieux cerner la personne qui l'incarne. On devine ses forces et ses faiblesses. Avoir des responsabilités au sein d'une chaine humaine, la plus petite soit-elle, augmente la valeur d'un individu et le rend indispensable. Le brancardier ou le manutentionnaire que je croise dans ma vie de tous les jours, améliorent mon quotidien.

Ce doit être l'heure matinale ou la fatigue mais me voilà avec des pensées et des réflexions définitives sur le genre humain. Pardon pour cet instant de faiblesse.

Il faut que je coule un café, à la fois pour moi et pour les autres qui vont arriver bientôt. Tout à l'heure les aides-soignantes récupéreront à la cuisine générale celui imbuvable de Saint-Louis mais moi, je veux que le dernier soit bon !

Au moment où je me lève de mon fauteuil pour quitter la pièce, voilà que j'entends des bruits de griffure sur la fenêtre : C'est Zonzon retrouvé qui, le matin venant, veut rentrer au chaud, surtout pour manger quelques croquettes. Zonzon, appelé aussi Monsieur Zonzon car il s'agit d'un pensionnaire aussi actif que les autres, est un chat de gouttière de race indéterminée. A la fois roux et noir avec des pattes blanches. Il passe ses journées à dormir dans un coin du service, soit sur une chaise, soit dans un fauteuil mais jamais dans une chambre. Les pensionnaires ont compris qu'il ne fallait pas qu'il entre là. C'est interdit et notre rôle aussi est de vérifier la nuit s'il n'a pas élu domicile chez quelqu'un. Mme Bernard, si elle croit aux vertus thérapeutiques des félins sur les personnes dépressives, l'interdit totalement. Heureusement, Zonzon semble l'avoir compris tout seul. De toute façon, la nuit, il part chasser les souris ou je ne sais quoi. Il disparait jusqu'au matin. Comme il me connait maintenant, il accepte mes caresses. Elles déclenchent le ronronnement très bruyant qui explique son nom. Il me suit dans le couloir en produisant des petits miaulements entrecoupés de sa forge infernale. On ne risque pas de l'oublier !

Dans la cuisine, car Zonzon n'attend pas, je cherche sa boite de croquettes qui trône sur une étagère. Je lui en sers une pleine gamelle. Il se jette dessus comme s'il n'avait pas mangé depuis dix jours. Bientôt j'entends des craquements de dents accompagnés de petits cris. Je peux enfin me mettre en quête du paquet de café moulu. Je dois bien sûr relaver la cafetière car à l'intérieur traine un liquide noirâtre qui date de la veille. Normalement, chacun doit le faire à la fin de la journée mais souvent ce n'est pas le cas. Parfois, la machine est encore allumée, le vieux café bouillu traine au fond. Pas cette fois-ci car je m'en suis occupé cette nuit mais j'ai eu la flemme de laver le récipient. L'eau coule sur mes mains et le liquide vaisselle. Rien de tel qu'un bon café pour se réveiller.Je sais qu'il me fera plaisir et à Jean qui doit venir ce matin pour arranger une collègue. Quelque part, je suis content de le revoir. C'est allègrement que je vide la poudre noire dans le filtre de la machine. Rapidement l'odeur se répand dans la petite cuisine. Ce n'est pas grand-chose mais ce parfum emplit mes narines avec un effet bienfaisant.

Je regarde par la fenêtre le jour qui se lève sur les toits de la ville. Je pense à tous ces gens qui dorment encore sans se douter que d'autres se réveillent pour démarrer leur journée de labeur. J'imagine les insomniaques qui voient avec bonheur le matin qui arrive, signe qu'il vont pouvoir s'assoupir sans angoisse. Les oiseaux recommencent à gazouiller. Les bruits de la ville se font de nouveau entendre : camion poubelle, bus ou simplement les pas d'un homme ou d'une femme pressée sur un trottoir encore désert. Avec le jour, la vie reprend ses droits. Le bruit rocailleux de la cafetière, dans cette cuisine encore éclairée au rez-de-chaussée, m'accompagne dans ma rêverie.

Au loin, je perçois la sonnerie de mon téléphone qui me rappelle à la réalité. Je vais répondre, un peu agacé, car je n'ai pas eu le temps de boire mon premier café de la journée. Ce sont les Urgences qui me disent que Pépé Kalfon est debout.

Qu'il veut revenir à la maison. Cela ne m'étonne pas car, même amnésique, il garde des rites immuables. A peine ai-je raccroché que les grandes portes battantes s'ouvrent. Je le vois apparaître sur un fauteuil roulant, dirigé par la main ferme du brancardier de nuit. Il ne proteste pas. Il est en pyjama rayé comme un déporté des camps de la mort. Les filles lui ont mis sur le dos une grosse doudoune des Urgences bien chaude avec une grande croix rouge. Ses pieds nus dépassent de pantoufles trop courtes. Il a dû se déplacer dans la nuit sans ses chaussures. Il regarde autour de lui mais je vois bien qu'il ne reconnait rien de cet environnement nouveau pour lui.

Je m'approche :

- « Bonjour Marius ! Bonjour Mr Kalfon ! Vous êtes arrivés… »

Il me scrute de la tête aux pieds. Qu'y a-t-il derrière ces yeux perdus ? Je lui prends la main doucement. Il me laisse faire mais n'est pas plus avancé. Je congédie le brancardier en le remerciant.

J'accompagne mon nouvel arrivant avec douceur et autorité vers sa chambre. Il me suit avec docilité. Mais je devine qu'il ne tardera pas à sortir dans le couloir. Nous naviguons entre les ONET qui finissent de laver le sol. Ce n'est pas facile. Je pourrais essayer de le recoucher mais cela ne sert à rien. Il va se relever. En général il va dans le salon où il s'installe dans un fauteuil. Il n'est pas agressif. Il attend son petit déjeuner. Sa patience est infinie.

Jean m'a expliqué qu'autrefois il était un ingénieur aéronautique célèbre. Il a même participé à la conception du Concorde. Il n'est pas si âgé que cela. A peine plus de 75 ans. Mais on dirait un vieillard usé. Notre sobriquet de « Pépé » se veut plus affectueux qu'autre chose. Ce n'est pas très intelligent, je le concède volontiers. La maladie a débuté vers 60 ans par quelques distractions dans la vie quotidienne. Un tempérament original. Rapidement il a perdu pied. Un soir, il n'a pas su retrouver sa voiture. Puis s'est trompé de route. Enfin a eu un accident. Sa famille, inquiète de ne pas le voir rentrer à son domicile, l'a retrouvé dans un service d'Urgence complétement hagard. Le diagnostic a été fait à ce moment-là. Il vit encore chez lui mais de temps en temps, quand la situation est trop inconfortable, il vient chez nous.

Son épouse, une belle femme très élégante, l'air un peu sévère, vient le voir tous les deux jours. Elle l'écoute avec beaucoup de gentillesse. Il y a de l'amour entre eux deux car quand elle est là, il est apaisé. Il la regarde avec bienveillance, admiration. Elle lui parle avec douceur, pourtant, il n'a rien à lui dire. On imagine mal que cet homme qui trie et découpe des annuaires toute la journée, assis à une table avec un peu de bave qui coule sur son pantalon a été une personne brillante, perspicace, capable de concevoir des prouesses technologiques.
Quelquefois, c'est un de ses amis d'enfance, toujours le même, qui vient le visiter, lui apporter quelques douceurs. Si nous n'y veillons pas, elles restent sur sa table de nuit. Parfois, il oublie de manger. Jean m'a dit qu'à chaque sortie de sa chambre, cet ami est bouleversé. Il s'arrête toujours dans la salle des infirmières pour demander des nouvelles. Une fois, il

s'est épanché. Expliquant qu'habitant le même village, ils avaient fait leurs études ensemble. Marius était toujours en tête de toutes ses classes. Il avait gagné beaucoup d'argent pendant des années après la sortie de leur école d'ingénieur. Mais il ne le reconnaissait plus. Jeunes, ils s'étaient juré fidélité et c'était cette promesse qu'il accomplissait encore. Malgré tout.

Par la porte ouverte de la cuisine, j'aperçois Aïcha qui passe, poussant son chariot. Elle doit avoir fini son ménage. Je la hèle au passage. Je l'invite à prendre un café avec moi.

Elle s'arrête :

- « Juste une minute, je n'ai pas droit à une pause, ma collègue n'est pas loin… »

Elle s'assoit sur une chaise après avoir poussé la porte pour qu'on ne la voit pas. Elle a l'air épuisée. Mais elle garde le sourire. Elle pousse un gros soupir. Son visage traduit le manque de sommeil et l'effort physique qu'elle vient de produire. Je ne peux m'empêcher de l'admirer.

Je me rappelle qu'un matin après 7 heures, alors qu'elle était toute seule en fin de son service, nous avions un peu parlé :

- « Tu sais, quand je suis partie du Maroc je n'avais rien. Je me suis enfuie en France.J'ai dû me cacher. J'ai été mariée à 15 ans avec un homme beaucoup plus vieux que moi pour lequel je n'étais qu'une esclave. Il me battait. Je ne pouvais rien dire car le déshonneur serait tombé sur mes parents et toute ma famille. »

- « C'est possible ? Cela existe encore à notre époque ? »

- « Oui bien sûr ! Nous étions très pauvres. Ma famille n'a pas eu trop le choix pour s'en sortir financièrement. Elle n'est pas la seule dans ce cas. Les autorités ne veulent pas reconnaitre cette pratique des mariages arrangés mais tout est vrai ! »

-

- « Comment es-tu arrivée en France ? Tu connaissais quelqu'un ? »

- « Une nuit, il y a 20 ans, je me suis cachée dans un camion qui partait pour Tanger. J'ai débarqué ensuite à Marseille, sans papiers, sans argent. Je me suis réfugiée chez une Tante qui a pris le risque de me soustraire à la colère de mon mari et de sa famille. J'ai abandonné mes enfants, oui, c'est sûr, mais si je ne le faisais pas, à force de recevoir des coups, je risquais de disparaître comme une de mes cousines qu'on n'a plus jamais revue du jour au lendemain. Tu peux me croire, en partant, j'ai sauvé ma vie. Il a fallu tout reconstruire dans la clandestinité. J'ai eu de la chance car ma tante ne m'a pas dénoncée. Au contraire. Elle m'a aidée en m'envoyant chez des amis à elle. J'y suis restée quelques mois. Progressivement j'ai retrouvé confiance. J'ai trouvé du travail. Grâce à une association j'ai pu récupérer des papiers en règle. Mais je suis restée clandestine de nombreuses années tout en changeant souvent de domicile pour qu'ils ne me retrouvent pas. Même si le travail est dur en France, ce n'est rien par rapport au Maroc où j'ai vécu l'enfer. »

- « Et tes enfants ? Tu en as des nouvelles ? »

- « Je ne les vois plus. Ils doivent être grands maintenant. Le plus vieux avait dix ans quand je suis partie. Je crois que leur père leur a dit que j'étais morte. Je l'ai su par une de mes amies qui s'est discrètement renseignée là-bas. Elle m'a dit qu'ils ne manquaient de rien et ça c'est l'essentiel. Tu vois, je ne les ai pas vraiment abandonnés car je savais qu'ils seraient élevés correctement. Pas dans la misère car leur père est très riche. Bien sûr, je me sens coupable vis-à-vis d'eux mais, si Dieu me porte vie, je me dis que nous nous retrouverons un jour. Ici, j'ai rencontré un français, il est gentil mais je ne peux pas me remarier avec lui car je le suis toujours officiellement avec mon vieux mari. Tout ce que j'espère, c'est que ce dernier crève comme un chien. Alors je serai délivrée. Avec le temps, la haine que j'avais pour ma famille qui m'a vendue, je ne trouve pas d'autre mot, s'est un peu atténuée. Mais ce qui est clair, c'est que je ne pourrai plus jamais rentrer dans mon pays. »

- « Tu as déjà raconté cela à quelqu'un ? »

- « Oui, au bureau de l'OFPRA car je voulais avoir des papiers. C'était la seule solution même si cela n'a pas été simple. Mais je suis tombée sur des gens gentils. C'est l'assistante sociale de l'association d'entraide qui m'a aidée à monter mon dossier. Je te raconte cela parce que tu n'es pas comme ton collègue que tu remplaces pour qui je n'existe pas. Il me croise tous les matins comme si j'étais invisible. Toi, tu me dis bonjour. Tu fais attention à mon travail… »

Sans doute parce que j'ai fait la même activité que toi, il y a quelques années. J'ai eu la même impression, en croisant dans un couloir des médecins ou des étudiants qui ne me remarquaient pas et ne s'excusaient même pas de marcher sur le sol mouillé que je venais de nettoyer…

Je ne suis pas près de t'oublier Aïcha, comme tous les gens que j'ai rencontrés dans ce service si particulier. Je lui sers son café dans une petite tasse. Elle le boit rapidement en faisant attention car il est brûlant :

- « Il est bon ! Très chaud. Merci Stan. »

-« Tu as bientôt fini ? »

Elle repose sa tasse sur la table et la nettoie comme par réflexe :

- « Oui, je prends le bus. Je rentre chez moi. Je vais bien dormir car je suis fatiguée. Aujourd'hui, Dimanche, on ne travaille pas.

Avec mes repos de Lundi et Mardi, cela va me faire trois jours de vacances. Et toi ? »

La tasse est chaude au creux de mes mains :

- « Moi aussi, mais je prends une semaine de vacances avant mon retour en stage en Pédiatrie. Comme je ne vais pas revenir de nuit, j'en profite pour te souhaiter bonne chance et te dire que je suis content de te connaître et d'avoir pu partager un peu avec toi. »

Elle hausse les épaules :

- « Inch'Allah, je ne sais pas pourquoi mais j'ai senti que je pouvais te faire confiance. Bon vent à toi aussi »

Elle se lève et part de la cuisine sans un mot de plus.

Sept Heures.

La quille !

Dans quelques minutes va apparaître Jean, ce qui marquera la fin de mon remplacement. Ainsi s'achèvent mes nuits au milieu de cet environnement hors du temps. Une dernière fois, je fais le tour de ce qui a été mon univers nocturne depuis deux mois. Je ferme quelques portes, teste l'étanchéité de certaines fenêtres, redescends quelques chaises oubliées par les Onet sur les tables. Bref, je vérifie que tout fonctionne, que tout est en ordre. Mon côté maniaque, sans doute.

Alors que je referme les grandes baies vitrées qui donnent sur le jardin, j'entends le pas régulier de l'infirmier qui arrive dans le bureau. Je sais qu'il va se pencher immédiatement sur le cahier de relève pour voir d'un coup d'œil comment s'est déroulée la nuit. Il se retourne vers moi :

- « Eh bien, » me dit Jean, « tu as eu du mouvement ! Qui a dit que c'était un petit service tranquille ici ? »

- « C'était un peu rock' en roll, » je réponds, « mais finalement tout s'est bien terminé. Tu verras, j'ai noté dans le cahier un certain nombre de choses : Jean-Yves ne va pas très bien. A voir. Mr Crépon a sûrement besoin de collyre le soir car il dort les yeux ouverts. »

- « Oui, on est au courant mais il refuse de le mettre au coucher. On a tout essayé ! Une vraie tête de mule. Tu sais, parfois, ce n'est pas facile. On ne fait pas ce qu'on veut. »

- « Rachid a un magnifique Coran sur son étagère, faites gaffe qu'on ne lui vole pas. Et dans le rayon des fugueurs : Mme Kaspernac qui s'était perdue et Pépé Kalfon dans la chambre du prisonnier ! »

- « Oui, j'ai vu, une vraie farandole !»

Nous rions tous les deux :

- « Oui, ils étaient excités hier. Je pense que mon départ y est pour quelque chose. Plus ennuyeux : Pauline… »

- « Quelle conne ! Elle aurait pu mourir si tu n'étais pas passé dans sa chambre. Qu'est-ce qu'il lui a pris ? Ce n'est pas ça qui va raccourcir son séjour ! »

- « Aucun risque de la louper, si tu avais vu le sang qui dépassait sous sa porte, une vraie boucherie. Heureusement, à part Marinette, personne ne s'est aperçu du désordre. »

- « Tu n'as pas trop paniqué ? Cela secoue quand même ! »

- « Non, ça va. » dis-je en décrochant mon veston de la patère à côté de l'armoire des toxiques. « J'étais aidé par Geneviève et ses petites mains qui l'accompagnaient cette nuit et aussi Bonnard qui, comme d'habitude, a été très pro. Il faudra que je passe la voir ce matin avant de partir. »

Je récupère la petite boite de dattes que m'a donnée Rachid hier soir. Je n'oublie pas de glisser dans ma poche intérieure la lettre rose de Pauline. Jean me tend sa grosse paluche :

- « Bon, si tu repasses dans le coin, tu viendras nous voir sans faute. On te fera un café, histoire de parler du bon vieux temps… »

Je lui serre la main en souffrant car ce salaud a une sacrée force ! Je remarque qu'il me facilite la tâche. Une attention sans doute. Je n'aime pas trop les adieux :

- « D'accord, pas de problème, je viendrai vous squatter si besoin au cours de mes pérégrinations. »

En fait, je sais très bien que je n'oserai pas revenir comme ça, de peur de déranger. Après avoir franchi la porte, je me retrouve dans le grand couloir de Saint-Louis. Partout j'enregistre l'agitation habituelle du matin, tous ces gens affairés qui commencent leur journée. J'aperçois au loin la loge de Manu et me dit qu'il faut que je passe le saluer une dernière fois.

Il rentre chez lui. Il porte une bizarre grosse besace en cuir avec lui. Il n'a pas dormi non plus et ses yeux trahissent du sommeil en retard après trois ou quatre nuits de suite.

- « Alors, » lui dis-je « tu as terminé toi aussi ? »

Il m'inspecte de haut en bas, un peu jaloux :

- « Pas comme toi veinard ! Moi, je reviens la semaine prochaine et pour toute l'année. Ils m'ont proposé d'assurer une nuit par semaine. Toutes les semaines pour soulager « Le Gros ». »

- « Et qu'as-tu dit ? »

- « J'ai accepté, tu parles, c'est une aubaine pour moi, c'est comme une bourse en plus et puis quand c'est calme… » il me montre son sac. « Je peux travailler mes cours tranquillement, sans être dérangé. Je connais le métier et les lieux. Je ne me casse plus la tête. Tout le monde est gagnant. »

Je ne peux m'empêcher de penser qu'au bout de quelques mois de ce régime-là, il risque l'épuisement. C'est une chose de remplir une tâche sur quelques semaines, c'en est une autre d'assurer toute l'année. Surtout la nuit. Mais je ne veux pas être négatif. C'est un garçon intelligent. Il se rendra compte des difficultés que cela engendre.

En attendant, je lui souhaite bonne chance. Je me prépare à le quitter quand il me retient par le bras :

- « Dis donc : Blandine m'a demandé de te dire, si je te rencontre, qu'elle est partie voir Pauline en réanimation. Tu peux la rejoindre là-bas ? »

Ah bon ? J'avais bien l'intention d'y aller mais je ne savais pas que cela pouvait-être un lieu de rendez-vous ? « Drôle d'endroit pour une rencontre. » Je me dirige vers le sas d'entrée de la Réa. Habillé d'une charlotte, d'une surblouse et de sur-chaussures, je débarque dans le saint des saints. J'aperçois Blandine qui converse avec Pauline. Elle lui a pris la main. L'infirmier de garde me donne le signal que je peux y aller aussi. Si elle n'avait pas une perfusion et un gros pansement sur l'avant-bras, on jurerait qu'elle est ici en villégiature. C'est incroyable la métamorphose qui s'est opérée chez elle en quelques heures. Difficile d'imaginer que c'est la même personne qui voulait mourir cette nuit. Je m'approche et elles se tournent vers moi :

- « Merci, de m'avoir sauvé cette nuit. » me dit Pauline, « C'est trop gentil de venir me voir maintenant alors que tu dois être très fatigué. »

- « Je voulais juste savoir comment tu allais avant de rentrer chez moi... »

- « Tu vois. Pas trop mal. » Elle soupire. « Blandine m'a dit que vous aviez assuré cette nuit comme des chefs. J'ai été bête de me comporter ainsi. Heureusement... »

- « Pauline », dit Blandine, « a compris pas mal de choses, je crois qu'elle va tout faire pour guérir et sortir d'ici. »

Les deux ont l'air de bien s'entendre et de temps en temps, elles se sourient en me regardant. Je me demande si finalement elles ne se foutent pas un peu de ma tête. Je crois que je vais les laisser là toutes les deux. Mais au moment de partir, Blandine se lève pour m'accompagner.

- « Bon, on y va. » dit-elle, « Bon courage Pauline, rétablis-toi bien, nous, il faut qu'on rentre »

Pauline me regarde, interrogative :

- « Vous êtes ensemble ? »

Sur le coup, je manque de m'étouffer. Je ne m'attendais pas à ça.

- « Pas du tout, » je réplique comme pris en faute. Je surprends le drôle de regard de Blandine. « On travaille ensemble, c'est tout. Que vas-tu imaginer ? »
-
- « Je ne sais pas. » dit Pauline avec un air mystérieux. « Tu sais, je suis un peu médium, je sens les choses et là, cela vient de me frapper… »

Je me retrouve bientôt dans le grand couloir avec Blandine. Sans sa blouse d'infirmière, elle est transformée. Elle m'apparait vêtue de manière simple et confortable :Une petite robe d'été qui souligne sa poitrine ; une veste de jean qui cache un peu sa silhouette. Son sac de fille dégueule de différents objets sans doute indispensables mais qui en empêchent la fermeture. Nous marchons côte à côte. Dans ces cas-là, je ne sais pas trop quoi faire de mes bras qui me paraissent trop longs ou trop encombrants. Je résous le problème en mettant mes mains dans les poches. A mes côtés, elle reste silencieuse.

- « Je te raccompagne ? » demande-t-elle, « J'ai ma voiture pas loin, tu dois être aussi cassé que moi. Je peux te déposer. »

  Je n'habite pas à perpète mais là, j'accepte sa proposition car je suis vraiment exténué. Elle a l'air contente. Sa voiture est une vieille 2CV Citroën. Elle fait un bruit pas possible, ce qui rend la conversation du retour difficile.

Elle m'explique, en hurlant, alors que je la guide dans le labyrinthe des petites rues encore peu animées :

- « J'habite seule, un petit trois pièces pas très loin d'ici. Je me suis séparée il y a quelques mois... Cette vie de célibataire me convient très bien. Tu es avec quelqu'un ? »

Une conversation entre copains, après une nuit de boulot, cela n'engage à rien. Alors, je réponds, tranquille :

- « Non, je suis en colocation et après une histoire un peu difficile, j'ai retrouvé ma liberté. »

En fait, j'ai souffert comme une bête. Même si c'est de l'histoire ancienne, la plaie est encore béante dans ma poitrine. Mais devant cette jolie jeune femme qui me secoue dans tous les sens dans sa bagnole bringuebalante, je veux paraître le plus détaché possible.

- « Oui, c'est bien comme ça. » me répond-elle. « La vie de couple, c'est quand même compliqué. Tu vois, j'ai une semaine de vacances et je n'ai pas besoin de demander à qui que ce soit ce que je vais en faire. Pareil pour mes études. Je suis contente de les terminer. Je ne dépends de personne pour décider de la suite. Je sais qu'un jour je rencontrerai quelqu'un. Mais cela me semble un peu tôt maintenant. Je préfère attendre. »

Je ne peux qu'approuver. Je suis moi-même dans la même situation. Tout le champ des possibles est ouvert. Pourtant après mon dernier échec, j'ai cherché longtemps quelqu'un d'autre car il y a dans l'amour une dynamique prodigieuse qu'il est difficile de trouver ailleurs. Aimer, être aimé est une sensation exaltante. Quand on y a goûté on voudrait retrouver cela très vite. Mais souvent la vie en décide autrement. La conjonction entre deux êtres est tellement mystérieuse.

Il me semblait, en début d'année, avoir retrouvé cela avec Anna, jeune sœur brillante d'une de mes camarades de promotion. Sa joie de vivre m'avait charmé tout de suite. Il n'en fallait pas moins pour me rapprocher d'elle, attiré, comme toujours par les filles solaires. Elle était d'une beauté sidérante. Sa chevelure indomptée me fascinait. Ses yeux profonds soulignés de noir, quand je m'y plongeais, m'emmenaient dans des voyages lointains. Je la retrouvais, depuis six mois, à chacun de mes stages hospitaliers. Nous étions toujours ensemble. Je commençais à me consoler, à ses côtés, de mes déboires amoureux.

Alors que j'étais prêt à lui avouer que sa compagnie me plaisait et que je ferais bien un petit bout de chemin avec elle, elle m'avoua, un soir, qu'elle était déjà promise à un garçon parti depuis quelques mois au service militaire en Allemagne. Dans ces conditions notre relation ne pouvait que rester chaste et seulement amicale. J'avais bien remarqué que depuis quelque temps, elle était très préoccupée. Souvent au téléphone. Je l'avais interprété comme le début d'un amour qui pouvait bouleverser sa vie. En fait, je me demande maintenant si sa famille, alertée par ma présence fréquente depuis quelques semaines, n'avait pas fait en sorte que le fiancé éloigné revienne près de sa belle pour repousser le jeune impétueux que j'étais.

J'étais bien sûr incapable de comprendre cela à l'époque, tout à ma recherche frénétique, qui peut paraitre puérile ou obsessionnelle, de l'amour. Alors qu'autour de moi tout le monde semblait trouver chaussure à son pied. Depuis, je me suis laissé bercer par le cours régulier de la vie, ravalant ma rancœur, ma peine, cessant de me torturer. Ne voulant pas dépenser une fois de plus toute mon énergie à lutter contre le poids des traditions et des moulins à vent. Un stage suivant, où nous étions séparés, acheva de manière définitive cette relation mort-née.

La vieille voiture stoppe tout d'un coup devant la porte de mon immeuble me tirant brutalement de mes pensées :

- « Nous voici arrivés… » dit-elle.

  Elle ne parait pas très enchantée. Je trouve moi aussi que nous quitter comme ça au pied de sa voiture me donne comme un goût d'inachevé. Je bredouille :

- « Bon, voilà, bon courage pour la suite... »

Je mets la main sur son volant pour lui faire une bise sur une joue quand elle me dévisage tout à coup :

- « C'est con de se séparer comme ça ! Tu ne viendrais pas prendre un café chez moi ? J'habite juste à côté et à part dormir, je n'ai rien d'autre à faire. »
-
- « Pourquoi pas ? » me dis-je, conscient d'être à l'instant à la croisée des chemins. Tout à coup, je me découvre le désir de connaitre un peu plus cette nouvelle amie qui m'attire. Comme si je ne pouvais pas lutter contre elle. Parfois il est bon de se laisser porter par les événements. Là, après la nuit passée à Saint Louis, je n'ai plus beaucoup de volonté pour résister à ce mouvement qui m'aspire.

Elle redémarre et trouve une place de stationnement à quelques mètres. Je me rappelle maintenant avoir déjà vu cette voiture dans le quartier. Un objet familier de ce secteur. Mais je ne pensais pas qu'elle puisse appartenir à une de mes connaissances. Nous descendons du véhicule. Je la suis malgré ma lassitude dans les quelques petites rues qui nous séparent de son appartement.

Elle habite au deuxième. Bientôt, nous franchissons la porte de son logis. Ce qui me frappe, c'est l'ordre qui règne en ces lieux. Un contraste avec chez moi où en dehors de ma chambre, tout traîne un peu partout. Il fait frais. J'aime bien l'odeur qui prédomine ici. Un mélange de parfums discrets un peu floral mais agréable.

Elle enlève sa veste. La jette dans sa chambre près du salon où je viens m'affaler dans un vieux fauteuil en cuir.

- « Attends-moi là, » me dit-elle, « je prends une douche et je nous fais un bon café »

Sans gêne apparente, elle passe sa robe au-dessus de ses épaules. Vêtue seulement de son slip et de son soutien-gorge, elle marche devant moi pour entrer dans la salle de bain ! Moi qui commençais à m'assoupir, me voilà tout à coup bien réveillé ! J'ai le temps d'admirer sa plastique parfaite. Le souvenir de ses petites fesses mal cachées par un vêtement minimaliste me brûle encore la rétine alors que je commence à entendre des bruits d'eau. Il ne manquerait plus qu'elle ressorte de là-dedans complètement nue en me demandant de lui donner une serviette! J'avoue que je ne serais même pas surpris.

A côté de mon fauteuil, tout droit sorti d'une puce du dimanche, se trouve une table basse recouverte de différents livres lus et relus. Je découvre « Le deuxième sexe » de Simone de Beauvoir au-dessus de la pile. Un ouvrage que je n'ai jamais réussi à terminer mais qui m'intrigue. La petite bibliothèque en face de moi déborde de romans et d'essais. Ils trahissent les inclinaisons de leur propriétaire. Je ne conçois pas une bonne maison sans livre. Ils en disent long sur le caractère de celui ou celle qui l'habite. Les murs sont décorés avec des posters plutôt hippies où la nature est reine. Décidément, cet endroit me plait de plus en plus.

Maintenant, je n'ai plus envie de dormir ! Au moment où je déplie ma carcasse pour m'extirper du fauteuil trop profond, en vue d'une exploration du salon, Blandine sort de la salle de bain. Cheveux mouillés, enveloppée dans un grand peignoir rose qui cache ses formes, elle ressemble à un bonhomme Michelin. Elle s'essuie le visage qui devient tout rouge en me gratifiant d'un grand sourire :

- « Pendant que je fais le café, tu devrais toi aussi prendre une douche. Tu verras, c'est miraculeux, on dirait que tout le travail de la nuit disparaît par l'orifice de la baignoire. »

Elle rajoute :

- « Tu peux prendre l'autre peignoir dans la salle de bain, c'est la seule chose que m'a laissée mon ex quand il est parti avec la moitié de l'appartement »

J'ai l'impression de ne rien maîtriser du tout. Comme un somnambule, je rentre dans la pièce d'eau et commence à me déshabiller. Mes yeux photographient ce qui m'entoure : La baignoire et sa douche qui m'attend. Le lavabo avec une trace de rouge à lèvre. La trousse de toilette à fleurs d'où débordent des produits de maquillage. Le petit tabouret sur lequel sont jetés le mini slip et le soutien-gorge.

Je pose sur le carrelage mes habits froissés. Je m'abandonne un moment au plaisir égoïste des massages du liquide chaud qui coule du pommeau de la douche. La chaleur bienfaisante me fait oublier un instant l'endroit qui m'accueille. Quand il me semble avoir retrouvé un état plus compatible avec ma présence dans le logement d'une jeune fille, je ressors de la salle d'eau, enveloppé dans le fameux peignoir de bain trop grand pour moi.

Une bonne odeur de café m'accueille. J'entends la voix de Blandine qui vient de la cuisine :

- « Tu as fini ? j'ai tout préparé, je meurs de faim ! »

  Effectivement, elle est installée devant un bol fumant de café tout en se beurrant des tartines de confiture. Je m'assois en face d'elle. Comme son peignoir s'est un peu relâché, je profite de la vue. Ce qui ne semble pas la déranger. Je constate que ma nouvelle amie n'est surtout pas pudique. A moins que ce soit un jeu qui m'est destiné. Quand elle se penche en avant pour attraper du pain, je manque de m'étouffer avec une biscotte pourtant trempée dans le café. Je tente, à défaut des yeux, de détourner la conversation :

- « Tu loues combien cet appartement ? Ce n'est pas trop grand pour toi ? »

- « Non, il appartient à ma famille depuis plusieurs générations. Mes arrières grands parents habitaient là. Nous avons réalisé quelques travaux pour le rendre plus moderne afin que je puisse venir faire mes études… »

- « Quelle chance ! Pour moi, presque tous les ans, c'est la course à la recherche d'un nouveau logement. Même si mes parents sont caution solidaire, les régies d'immeubles se font tirer les oreilles pour louer aux étudiants. »

- « Je sais que je suis favorisée. Mes parents habitent Paris. C'est l'occasion d'éviter que ce logement reste vide. Comme je veux résider par ici, ils me l'ont donné ! »

Je comprends surtout que le manque d'argent n'est pas son problème. Je me demande comment elle gère cela au quotidien. Il existe une différence de milieu entre nous. Je ne peux que le constater. Peut-être est-ce le moment de tirer ma révérence ? A regret.

Je commence à pousser ma chaise en arrière :

- « Heu…, merci pour le petit déjeuner, je crois qu'il est temps pour moi de rentrer dormir à la maison… »
-

Elle se lève. Elle vient à coté de ma chaise. Sans réfléchir, je pose ma main sur sa hanche et l'attire.

Alors, elle s'assoit sur mes genoux.

- « J'ai bien cru que jamais tu ne te déciderais… » me dit-elle.

Elle me regarde. Plus rien n'existe. Sa bouche a le goût du café et de la confiture. Mes mains caressent tout ce que je peux trouver chez elle. Tout n'est que douceur. Bientôt, nous nous retrouvons dans sa chambre. Allongés dans son lit, sous ses draps. Des milliers de mains et de doigts ne suffiraient pas pour explorer l'ensemble de nos découvertes. Et je sais, épuisé et heureux, ce que je viens de trouver : ma maison, mon âme-sœur. Le Saint Graal de l'amour.

Epilogue

Dix-huit heures :

« Stan… ?! »

« … »

- « Stan, tu dors encore ? »

Je suis à moitié réveillé, un peu paumé. Je sens des filaments doux qui me frôlent le visage. Après quelques secondes, je cherche à me repérer. J'ouvre les yeux et reconnais, au-dessus de moi, Blandine et ses longs cheveux blonds qui me caressent le nez.

- « Tu as faim ? »
- « Gruiiiiikkk ! » fait mon ventre

Elle s'amuse :

« On dirait ! Normal, on a dormi jusqu'à six heures ! »

Dormi, dormi, enfin, on a fait quand même pas mal d'exercices aussi ! Elle se lève.

- « Attends ! » j'essaie de la rattraper. Elle échappe à ma main.

« Je ne pars pas mais j'ai besoin d'aller pisser, sinon je vais faire dans le lit ! »

Toujours cette spontanéité, ce naturel qui semble la caractériser. D'ailleurs, ma vessie, elle aussi, est prête à exploser. Au bout de quelques minutes, elle revient et vient se coller à moi :

- « Si tu veux, il me reste des carottes râpées, du jambon et on peut ouvrir une boite de petits pois. J'ai de la bière aussi. Cela ira ? »
-
- « C'est parfait. ».

Aux dernières nouvelles, quarante ans après, Blandine et Stan sont toujours ensemble.

FIN

IMPRIM'VERT®

Achevé d'imprimer en avril 2022
en France

Dépôt légal : avril 2022